述
往

述往事，思来者

文人相重

马靖云 著

北京出版集团公司
北京出版社

图书在版编目（CIP）数据

文人相重／马靖云著. —北京：北京出版社，2020.1
　　ISBN 978-7-200-15053-7

Ⅰ. ①文… Ⅱ. ①马… Ⅲ. ①随笔—作品集—中国—当代 Ⅳ. ①I267.1

中国版本图书馆 CIP 数据核字（2019）第 136641 号

出品人	安　东	高立志	责任编辑	高立志	邓雪梅
责任印制	陈冬梅		封扉设计	金　山	

文人相重
WENREN XIANGZHONG
马靖云　著

出　　版	北京出版集团公司
	北京出版社
地　　址	北京北三环中路 6 号
邮　　编	100120
网　　址	www.bph.com.cn
总 发 行	北京出版集团公司
印　　刷	北京华联印刷有限公司
开　　本	880 毫米 ×1230 毫米　1/32
印　　张	6.5
字　　数	136 千字
版　　次	2020 年 1 月第 1 版
印　　次	2020 年 12 月第 2 次印刷
书　　号	ISBN 978-7-200-15053-7
定　　价	68.00 元

质量监督电话　010-58572393
如有印装质量问题，由本社负责调换

献给爱好文学的朋友们。

——马靖云

作者(二排右一)1945年在陕西岐山蔡家坡扶轮中学读书时与同学合影

默默无闻飘香依旧（序一）

——记在科研管理工作中的马靖云

王平凡

认识马靖云六十多年了，记得她是比我晚一年（1956年）调到文学研究所的。马靖云到文学所后一直从事科研管理工作，直到1988年离休。在文学所工作的三十多年中，马靖云主要协助所长何其芳拟定和修改文学所的方针、任务。参与了一些重要文件的起草、总结、汇报，学术会议记录的整理编写等工作。多年来，她服从所领导的安排，默默无闻地工作，不计得失不讲待遇。在那个学者扎堆的研究所、在那个似乎不那么起眼的位置上一路艰辛走来，她做出了突出贡献。今天看来，她起着举足轻重的作用，功不可没。

当年，郑振铎、何其芳两位所长，根据文学研究所的特点提出：文学所实行学术委员会制度，学术委员会作为专家学者参与学术领导的组织。建立学术秘书室（开始叫"联络组"），设学术秘书。学术秘书最初由力扬、王燎荧负责，后由罗大冈担任。1959年，学术秘书室改为办公室，下设总务、秘书、人事，三个小组，由王平凡、张书明任正、副主任。1959年成立学术办公室，由朱寨任主任。"文革"后改为科研处。

马靖云在科研联络组、学术秘书室、科研处工作期间，学术秘书最多时有过八九个人，后由于其他工作需要或有个别人对为科研服务缺乏认识，先后都被调离此部门。马靖云却始终如一、兢兢业业地坚守在为科研管理工作的岗位，无私奉献。她先后在力扬、罗大冈、朱寨等人领导下，为文学所科研管理工作制定制度、总结科研工作应遵守的条例和原则，对科研管理工作的建设和发展起到了重大作用。

1953年，文学所成立后，政治运动不断，对正常开展业务工作十分不利。如何办所、办刊，是全所关心的大事。

从1960年3月到1961年，由何其芳亲自起草制定和修改的"方针和任务"共有四次。1960年3月，第一次制定的方针任务要点，是提出建立"有民族特点的、战斗的、批判的、联系实际的马克思主义文艺科学和美学"。规定了"我们工作以提高为主，同时还适当地做些普及工作"。5月，何其芳又制定《关于文学的方针任务》（草稿，又叫《文学所工作纲要25条》），提出"文学研究所为专门研究机构，应该经常进行系统研究，过去多是以个体方式进行，今后个体劳动仍占一定地位"；强调"环绕业务的政治思想工作"。并规定研究人员只参加"国家的各种政治活动及各种学习"。1961年2月，何其芳再一次制定《中国科学院文学研究所方针任务》，提出建立"具有我国民族特点的马克思主义的文艺科学"；在培养干部方面，强调"从工作中学习，系统地获得文学研究工作基础知识"。草稿前后修改三次，打印呈报学部，送中宣部审批。

1961年11月至1962年11月8日，何其芳根据"文艺十条"，又一次制定了《改进文学研究所工作的意见》（初稿），同年12月完成草稿。到12月8日完成修订稿，并于1963年8月16日报中宣部审批。修订稿强调"历史地系统地研究文学"，学术问题"不进行群众运动方式批判"，强调"批判和反批判一视同仁"等。还明确规定取消研究人员上下班制度，不参加民兵训练，不参加欢迎外宾等。在四次制度和修订方针任务过程中，马靖云充分、及时地反映了科研人员的意见，也包括她自己的意见和建议，起了为领导当参谋的作用，使起草和修订工作顺利完成。

马靖云十分重视科研资料的收集和整理工作。她在工作中曾认真细致地参与整理了二十多本笔记，可惜，这些笔记在"文革"中全部被烧毁了。所幸的是她自己的工作日记、读书笔记、生活日记都被保存下来了。这些资料对日后总结文学研究所的科研管理工作有一定价值，弥足珍贵，对她后来写的有关回忆文章起了重要作用。很多具体事情、细节、心境，如不是当年用心在意地记录下来，很可能这么多年过去，就不那么容易再找回当年的感觉。这一点说明，马靖云是个对待工作认真的有心人。

多年来，马靖云勤奋好学，为了更好地为科研服务，积极学习党的文艺方针政策和业务知识。为在文学所培养又红又专的青年研究人员，何其芳亲自拟定必读的马列主义文艺理论和古今中外文学名著一百种，要求研究人员充分阅读。马靖云根据这个要求，挤时间阅读，还认真做了笔记。记得那段时间，家住海淀西苑的她，起早贪黑地往返于城外城内的上下班路途中。那时的交通没有现在这么方便，路上要换两三次公交车。在那个"向科学进军"的年代，"为完成所领导交给的任务""为科研人员做好服务工作"而不能正点下班是经常的事。她多年如一日披星戴月地在路上——早5点半天还没亮就出门，回到家见到的是已进入梦乡的孩子们，估计她那几个幼小的儿女都快记不得妈妈的模样了。

科研管理工作，看似简单，看似轻而易举，一般人认为，不就是一堆行政琐事吗？不就是抄抄写写、接接打打电话吗？不就是为各种会议提供资料吗？其实不然，据我多年的工作经验，我总结出：搞科研管理工作，要具备这几个条件。第一懂业务；第二懂领导意图；第三懂政策；第四还要有一定的文字修养；更重要一条，还要有无私的奉献精神。马靖云基本具备了这些条件。熟悉业务，首先要对各个科室有大概了解；第二对科研人员的熟悉，包括对各种文学信息、动态要有所了解。马靖云自己学的是英文专业，她不但要熟悉中国文学，还充分发挥自己掌握英文的优势，努力了解世界文学动态。为及时了解国内外文学动态，可真是下功夫。她凭着一股真诚、一种单纯、一种坚韧的"向科学进军"的态度努力工作。她生怕应付不了自己的业务，生怕落在别人后面。

那时，凡是从大专院校调来的从事业务工作的年轻同志，何其芳都要和他们谈如何做研究工作，如何写文章。马靖云认为这是学习的好机会，她总是认真旁听，认真做笔记。在为所领导和专家服务的过程中，她都注意从工作中学习业务知识。在马靖云的工作日记、读书笔记中，都生动地记录了她所经历过的——亲眼所见、亲耳所听的有关郑振铎、何其芳、沙汀、荒煤等领导，以及钱锺书、俞平伯等老专家为人、为文的生动事迹和点点滴滴。从中可以看出，她的认真，她的细致，她深刻的体会，以及她为人的真诚。她多年的经验积累，为前后几任所领导、年长年轻的科研人员，提供了极大的便利服务。她是所领导的好助手，是科研人员的好管家，大家有什么想咨询的，都自然而然地想到她。还有一点，马靖云朴实无华，为人谦逊、亲和，也是她一大优点。马靖云是值得所领导、科研人员信任和依赖的。

多年来，马靖云根据自己在文学所工作的亲身经历，写了不少珍贵的回忆文章，记下了许多鲜为人知（很多当事人已故去）的往事——"事件"、细节、经过，篇篇都有史料价值。马靖云对经历过风风雨雨时期的文学所的人与事了如指掌、如数家珍，常常被所里人称为"活档案"。

2016年，在文学所成立六十周年之际，所领导决定向20位专家进行访问，其中十九人都是专业人员，唯独马靖云是科研管理人员。所领导也称马靖云是专家，这是对科研管理工作的重视，是对马靖云多年从事科研工作的充分肯定，也说明马靖云对文学所的价值、贡献是有目共睹的。

现在，文学所初期的老人所剩不多了，健在的也都是耄耋老人了，由于年纪、身体状况原因见一面也非常之难。如还能在一起说说当年共同经历的事、一起共事的人；一起回忆荒唐年代的"事件""过往"，怀念已故的令我们敬重的旧人，为文学所"史"留下珍贵的记忆，总结过去展望未来，是件多么难得的事！尽管中间留下痛苦记忆、留下时代痕迹，但走过的真实的一幕幕我们永远不会忘记。让岁月留住美好，存下难忘……我相信，那些默默绽放的小花，永远会飘香依旧！

2018 年 1 月 22 日上午

1953 年作者在军委联络部

真诚、动人、亲切（序二）

——读马靖云关于文学研究所的回忆录

钱中文

我和马靖云是文学研究所的老同事了，现在年轻一些的朋友都以"老文学所"称呼我们，和他们已经隔了一两代了呢，真是人事有代谢，往来成古今，如今一进文学所，很难见到熟识的人了！

20世纪50年代中期，马靖云进入了文学所，在秘书处、科研处工作过，多年与何其芳所长同一办公室，成了所长管理科研工作的得力助手。她性格开朗，心地宽厚，处事大方，平易近人，在走廊里，总见到她拿着一支笔和本子什么的。她向我们下达所里要办的事，我们一见到她就说："马大秘来了！"她总是大声"哈哈哈哈"地笑着说："别开玩笑了！"大家无拘无束，十分亲切。从她写的一些文章里，我现在才得知，她高中毕业后，参加革命，曾在李克农麾下工作过，后又学过三年英语，然后来到文学所，真有些传奇色彩。交往了那么多年，我竟一无所知，真是失敬了！

前几年，我在报刊上读到马靖云的几篇回忆性文字，写的都是她和文学研究所的老领导和老专家交往过程中的所见所闻，其中有关于郑振铎、何其芳、俞平伯、钱锺书、李健吾、沙汀、王瑶、周扬等先生的描述。她的这些文章记述的都是她的亲身经历,有的娓娓道来,有的戛然而止,舒展随意,笔走自然,短小精悍,看来写的是点点滴滴,但却是确确实实,真实自然。特别是她的这些经历与感受,可说独此一家,所以初次见到她的文章,我的眼睛为之一亮。于是我很快联系上她,表达了我的感动心情,建议她把这些只属于她的极有价值的"真人真事"串联成文,发表出来,肯定会大受欢迎的。她说她正有此意,材料很多,几十年来,记录有十多本笔记呢!现在马靖云已将几年来发表的短文,汇编成集,嘱我为它写篇序文,我当然从命。

马靖云这些回忆录,对于新文学研究来说应是很有价值的宝贵史料。这些文学研究大家,有关他们成就的论著多矣,但是关于他们学术生涯的另一面,即他们没有写入自己论著的那些方面,他们的日常生活中的点点滴滴、家庭琐事,一般研究者是不容易接触到的,如他们个人之间的真挚的情谊,患难中的真情,读书习惯,个人爱好,却由马靖云做了很多点睛补充,使他们的形象更加丰满了。

关于何其芳与俞平伯两先生的师生情谊的描述,我过去也知道一些,但是这次读到有关文章仍是很为感动。在俞平伯《红楼梦研究》的批判中,何其芳先生一面要努力贯彻上级布置下来的在学术研究中大搞阶级斗争的方针,尽力去完成他的所长的职责;另一面却又要极力维护学术的尊严与公正,倡导批评以理服人,拒绝以势压人。可在当时的社会氛围中,却是困难重重,所以他扮演了一个极其为难的角色呢！现在看来，他做得十分得体，在掌握"绝对真理"的批判中尽量说得合情合理，同时又最大限度地守护了深厚的师生情谊，尽显学生对于老师的敬重和爱护，他的行动充满了浓浓的人情味。在一段很长的时间里，何其芳内心一定极为纠结，不断要受到上面的挑剔与威压，检查总要两三遍才得通过，同时还要正确面对下面的吓人的帽子。在何其芳逝世十周年之际，俞平伯写有《纪念何其芳先生》一文，我过去也曾读过，这次马靖云在自己的文章中引入了俞先生的两首悼亡诗，当读到第二首的最后两句"犹记相呼来入苙（猪圈），云低雪野助驱猪"时，我大为动情。一是我也写过纪念何其芳先生逝世十周年的文章，其中写到一天傍晚何其芳在雨中赶猪入圈一事：有的五七战士一声长喊，猪跑散了！接着看到何其芳先生身穿灰色雨衣，手里拿着一根棍子，一拐一拐地往猪圈方向跑去，随后他的"啰啰啰"的呼唤声，弥散在中原大地的雨空中，这使我感到压抑、心疼，我以为只是一次。现在体味俞先生的诗作，看到猪猡瞎拱乱窜原来是常有的事。何其芳先生身子较胖，动作又不灵活，要把走散的猪一只一只赶进猪圈，实非易事，看来俞先生不止一次地帮过何其芳先生赶猪回圈的吧！二是读到这两句诗我又想到，一位曾是20世纪30年代初清华大学的教授，一位是去听过课的学生，结下了师生情谊。三十多年后，一位已是古稀之年，一位已年近花甲，两人在文学研究所和大家一起接受工人阶级再教育之后，又一起奔赴五七干校，接受贫下中农再教育。先生种菜，学生养猪，写养猪经验；先生常常帮助学生赶猪，学生常去菜园协助先生间苗、浇水。真是圈旁且听养猪经，菜园相见语依依，师生情谊更深了！何其芳先生作为文学所所长，我过去知道他不断起草、修改办所方针，也知道每次运动刚刚告一段落都要做检讨，不是"右倾"，就是"估计不足"，而且总要加码到"严重估计不足"才罢。一般他的检讨总要让我们听上几遍，否则难以通过领导关。这次知道马靖云处曾保存过何其芳先生的检讨稿子，积聚起来竟有一尺来高，它们写得密密麻麻，都是工整的蝇头小字，这要耗去他多少精力啊！何其芳先生说过，开会是要开死人的，结果不幸而言中，果然开会把他开死了，令人无比惋惜！

  马靖云的记述，使我们了解了不少大学者们的生活情趣和他们的不同性格特点。他们大多嗜书如命，以读书为乐。郑振铎先生是出名的藏书大家，王伯祥、吴世昌等先生也是。何其芳先生的书库是个书架相互紧挨的小图书馆，他不断淘书，收集各类学科书籍，藏有不少古籍珍本，以至他自豪地说，他的藏书足可供文学研究家使用。他工作那么忙碌，可珍惜分分秒秒，外国长篇小说就读了不少，而且写有评语。为了翻译海涅的作品，他晚年还自学德语，真是烈士暮年，壮心不已。钱锺书先生则藏书不多，有几个书架立在写字台旁，有的依墙而立，其中陈列的是一些古籍、新书与工具书，还有不少新到的外文书。钱锺书先生研究工作依靠图书馆，常见他在所里图书馆借了一摞书回去，不久就回所里还了，接着又抱一摞回家。他勤做笔记，所以积有几麻袋之多。

  何其芳先生为人随和、认真，可他居然会以自己的诗作故意冒充古人之作，在愚人节和几位年轻研究人员开了一个富有诗意的玩笑，可说是文坛佳话，性情如此率真，一片童心！（见本书《何其芳：留下的不仅仅是文集》一文）郑振铎先生生性豪爽，在学者中间很有凝聚力，他深通历史文化、考古文物的渊源与价值，一生收集了大量的古物珍品、绝版古籍，所以反对拆除多少个世纪经营下来的北京古城墙，也是理所当然，但也折服于领导的高瞻远瞩之说：古城墙几百年后照样会被风化湮没的！李健吾先生坦率大度，急公好义，重友情，讲义气。"文革"期间，巴金生活困难，李先生先转去汝龙先生给巴老的赠款，后又送去自己的赠款。真是雪中送炭，患难真情，先生本色，虽是往事，但读来仍是令人感动。李先生晚年还在著书写作，直到伏案而逝。

马靖云就这些老学者的友情感慨地说，李健吾与巴金、杨绛、钱锺书、汝龙等先生，都是多年知己，同罹患难，自身难保，却彼此关怀，相濡以沫。朋友们风尘游浪，风雨千里守望，初心难忘，共度荒凉，归来两鬓如霜！这就是一群老知识分子的友谊与真情，马靖云让我们看到了前贤们的可贵的精神世界。她的书中还有一些先生的剪影，长人见识，饶有兴味。

想起启功先生写过"学为人师，行为世范"的条幅，这些先生不就是我们的人师与世范吗！

2019 年 1 月 8 日

淡淡的一抹云（序三）

张大明

马靖云同志今年九十高龄，但电话里那笑声还是脆生生的，而且不无风趣。她说起文学所的事，仍如数家珍，有声有色，有盐有味，那么准确无误，能再现当年的场景和人的风貌。她文思敏捷，精力充沛，哪里像个老人！

文学所曾经有过辉煌。

它会聚了全国一流专家郑振铎、何其芳、俞平伯、钱锺书、孙楷第、余冠英、吴世昌、吴晓铃、陈涌、唐弢、蔡仪、冯至、罗念生、罗大冈、李健吾、卞之琳、戈宝权等一大批，不是个别一个两个。它的学术空气生机勃勃。它的刊物《文学评论》独占学术鳌头；它的两部译丛《古典文艺理论译丛》《现代文艺理论译丛》输入的都是精品；它的两部文学史《中国文学史》《中国现代文学史》四五十年过去了，如今也还熠熠生辉；即使是它编的作品选，如《唐诗选》《宋诗选注》《唐宋词选释》《诗经选》《汉魏六朝诗选》也会长期流传。

马靖云的回忆看似文学所的边边角角，实则是它的一雕梁一画础，一片叶一朵花，它能折射出文学所的风格，文学所的精神。我们所要记住的，所要发扬的，正是这种精神。

愚生也晚，来文学所也比她晚。但只要跟她一说起文学所的过往，哪怕是一丝丝、一缕缕，无不感到亲切，有滋味。我们都是小人物，但被文学所的精神所濡染，我们都觉得有责任、有义务为文学所做点什么。

马靖云的贡献无疑是一种表率。

2019年元旦

目　录

中国社会科学院文学研究所……1

记忆中的郑振铎先生……4

　　附　最后一次讲话（郑振铎）……11

几多艰苦费筹谋

　　——记文学学科科研管理者何其芳……20

　　附　关于科研干部培养问题（何其芳）……27

永远地怀念

　　——回忆何其芳同志……38

何其芳：留下的不仅仅是文集……46

何其芳：书与纸的幸运……52

大泽名山空如梦　薄衣菲食为收书

　　——何其芳藏书介绍……56

何其芳与一把名扇……62

"何其芳,你的名字是一个问号"……66

毛泽东与《不怕鬼的故事》……70

何其芳与匈牙利汉学家米白……78

《红楼梦研究》批判中的何其芳与俞平伯……83

俞平伯评职称

　　——再忆何其芳……91

文人相重

　　——何其芳与俞平伯……95

俞平伯先生点滴

　　——回忆对俞平伯先生的一次访问……99

钱锺书先生的笔名和化名……103

欣然于无名劳动……105

凌汛时节访周扬……107

追忆李健吾先生……110

忆毛星同志……115

日坛路时期文学所记事……121

老舍与匈牙利汉学家米白……129

王瑶先生印象……132

俭朴勤奋

　　——记沙汀二三事……135

路遥:"我想到文学研究所工作"……138

无怨无悔

　　《艺海风云——王琦回忆录》读后……141

李克农关注档案事业……143

什锦花园记事

　　——由罗青长同志逝世想起……149

资深历久　默默无闻

　　——马靖云访谈录……155

附录一　何其芳开列的世界文学名著阅读

　　　　篇目……167

附录二　唐弢推荐的文章做法精读篇目……173

附录三　文学研究所 80 年代初推荐的文艺研究

　　　　学习书目……175

中国社会科学院文学研究所

建立于1953年2月22日,最初附属于北京大学,原名北京大学文学研究所,由郑振铎任所长,何其芳任副所长。两年后,归属中国科学院,改称中国科学院文学研究所。1958年郑振铎遇难逝世,何其芳继任所长。研究所分设文艺理论、古代文学、现代、当代、民间文学以及苏联与东欧、西方、东方各文学研究组。1964年外国文学各研究组分出,另建外国文学研究所,从此该所的研究范围主要是中国文学。1976年原中国科学院哲学社会科学学部改为中国社会科学院,文学研究所随之改称为中国社会科学院文学研究所。沙汀任所长,陈荒煤、余冠英、吴伯箫、许觉民、王平凡任副所长。1982年起,许觉民任所长,邓绍基任副所长。1985年起,刘再复任所长,马良春、何文轩、冯志正任副所长。研究所分设文艺理论、古代、近代、现代、当代、鲁迅、民间、文学新学科等文学研究室(组)。余冠英、蔡仪、陈涌、唐弢、王士菁、贾芝等曾担任研究室(组)领导人。另有研究辅助单位:图书馆、资料室。编辑出版

1956年文学所春游潭柘寺留影

的期刊有《文学评论》（双月刊）、《文学遗产》（季刊）。毛星、陈翔鹤曾任刊物主编。从1981起，逐年编写出版《中国文学研究年鉴》。该所设有学术委员会，聘请所内外著名专家参加，钱锺书、俞平伯、季羡林、余冠英、吴世昌、孙楷第、蔡仪、唐弢、王瑶、毛星、贾芝、钟惦棐、朱寨等均担任过学术委员。

文学研究所的方针任务是在为人民服务、为社会主义服务的方向下，用马克思列宁主义、毛泽东思想的立场、观点和方法，对文艺理论、中国文学的现状和历史进行有计划的系统的研究，总结经验，建设和发展文学的各个学科，探索文学规律，丰富和发展马克思主义文艺理论，并通过研究工作培养新的文学研究人才。

研究所成立后出版的集体编写的主要学术著作有《中国文学史》（三卷本）、《中国现代文学史》（三卷本，唐弢主编）、《文学概论》（蔡仪主编）、《中国少数民族文学》（三卷，毛星主编）等。另外，还编辑出版研究、选本、资料丛书多种。

（《中国大百科全书》《中国文学》第二卷第1273页）

记忆中的郑振铎先生

我在文学所工作三十二年，有幸近距离接触了一些现代文学史上留名的专家学者，如郑振铎、何其芳、俞平伯、钱锺书、余冠英、蔡仪、王伯祥、李健吾、杨绛、罗大冈、潘家洵、陈荒煤、沙汀、吴世昌、唐弢、孙楷第、毛星、卞之琳、罗念生等。他们的学者风范，给我留下难以泯灭的印象。这些人中较早认识的是文学所第一任所长郑振铎。

我第一次见到郑振铎所长，是文学所创建不久。当时我在新成立的"联络组"（即后来的学术秘书室，现在的科研处）工作。这个组是学术秘书力扬领导的。力扬是诗人，他诗人的气质远比学术秘书的责任感浓厚，而且他还要进行诗歌理论研究。如遇事向他请示，他的回答是："你看着办！"在他是对我的信任，可是我却常不知所措。有一天，一位身材高大、穿中山装、戴眼镜、高鼻梁、面色红润、精力充沛的长者来到联络组。经人介绍才知原来是郑振铎所长。他没有一点名人的架子，使人感到亲切。当时我年轻幼

稚,不顾身份高低,第一次见面就不揣冒昧地把自己工作中的苦恼向他倾诉起来:

"郑所长,联络组新成立,它的任务还没有文字条例可循,所外联系中宣部、学部、高等院校,接待国外及全国各地人员来访,组织学术会议;所内接办所长和各研究室交办的事务,还要处理人民来信,工作繁杂,不知从何处着手,重点在哪儿?"

他却立刻认真地做出了回答:"首先是为所领导服务!"接着说:"所领导是关键,把关键这一环抓好了,其他迎刃而解。至于工作繁杂,可以记工作日记。它可以帮助你分清轻重缓急,提高工作效率又不致有所疏漏。"

这一教导,日后确实使我受益匪浅。在这里仅举一例:

文学所拟从某高等院校调回原所内一位业务骨干,该校已同意,但后来有些反悔,试图否认。我当即查阅了工作日记和电话记录,告诉对方何年、何月、何日、何人接电话已同意该同志调回的谈话记录,对方只好同意即刻调人。

郑振铎所长另外的兼职,多是重要的政治职务,如政协文教组长、人大代表等。而关于文学所的重要决策的制定、重要的会议他必参与,与党员副所长何其芳合作密切。关于文学所的基本方针本来就意见一致:以马列主义毛泽东思想为指导研究中外古今文学的方针任务。至于某些具体问题意见不同,如研究人员是否坚持八小时坐班制,却也能坦诚相见,在愉快的气氛中达成共识。他每周到所内上班一次,其间多与何其芳商讨所内大事,闲暇时抽空就去看看所内他的老朋友,找他们谈谈心。他与所内专家相处融洽,所内一般人员也都觉得他和蔼可亲、平易近人。

　　一次，他出席人民代表大会后，接着又参加文学所年终总结大会。应大家的要求，谈了参加人代会的感受说："这次人代会上对拆除北京古城墙的问题有争议：有人赞成拆除、有人反对拆除，我属于后者。我认为北京是历史文化名城，它的城墙建筑是这座名城不可分割的一部分，是有价值的名胜古迹，理应在保护之列。会议休会期间，遇到毛主席，问我：'听说你不同意拆除北京旧城墙？'我承认并申述了前面所谈的理由。毛主席说：'不拆除几百年后还不是照样风化消失了吗？'我只想到这座辉煌壮美的文化古城要保护，没想到百年之后如何，我没毛主席看得远！"他带着自谦的语气最后补充了这么一句。散会后，我们一群人尾随他走出会议室。他回头问我："会上那么多人欢迎你唱歌，你怎么不唱？""我的歌不能登大雅之堂。""你应该唱！凡是受群众欢迎的就应该大胆地唱！要知道，人民群众的舞台才是真正的大雅之堂。"接着余冠英先生请他到家中便餐，他推辞说："以后吧！我品尝嫂夫人的手艺可不止一次了，这次就不去解馋了。"他侧过身来又对我说："余夫人出身名门，是大家闺秀却是烹调好手，我可没少尝她的拿手好菜。"走在他身后的李健吾先生对我解释说："饮食是文化，烹饪是艺术，郑妈妈就做得一手色香味美的福建菜。我们一起编《文艺复兴》时，常去郑家聚餐。钱先生的小说《围城》就是在《文艺复兴》上连载发表的。当时就有当代《儒林外史》的评价。"陪同走在一起的钱锺书、杨绛先生只是点头微笑而不搭话。他们之间那种漫步闲聊中平静安详的氛围，闲谈中透露出的和谐友好情谊，令我羡慕不已，深深地感染了我，至今记忆犹新。

回顾郑振铎所长担任文学所所长，组建文学所，其主要贡献首先是组建了一支雄厚的科研队伍。文学所筹建时，恰逢高等院校进行院系调整，一批知名教授等待重新分配。他抓紧时机，充分运用他多年与这些人共同从事文学事业中建立起来的友谊，与这些人联系，或书面邀请或亲自造访，热情地把一批知名度很高的专家如俞平伯、钱锺书、王伯祥、孙楷第、李健吾、杨绛、罗念生、罗大冈等请来所里工作。何其芳则利用他曾在延安鲁艺和中央党校任教的关系，调进了党内的文学工作者毛星、陈涌、贾芝、王燎荧、力扬等。他们共同为文学所的学科建设打下了丰厚的学术基础，以至文学所学科门类之全、专家之多、水平之高，受到全国瞩目。

图书对于文学研究来说是重要的资源。郑所长治学异常重视图书的收集和资料的积累。作为藏书家，他在浩瀚的书海中遨游一生。他虽有丰厚的稿费收入，却自奉甚俭，节余所得全部用来买书。收书藏书成了他的欢乐，但也有酸楚。"八·一三"的战火，将他寄存在上海虹口开明书店里的一百多箱古今书刊全部化为灰烬，二十年心血付之一炬，使他痛惜万分。然而他并不灰心，当几经周折从书商手中买到比英国莎士比亚的剧本还要早300多年的《脉望馆抄校本古今杂剧》的"国宝"时，高兴得不知自己的大衣和帽子哪去了，是丢在车上还是忘记在书商那里了。到文学所之后，他充分利用了毕生购书藏书的丰富经验，为文学所图书建设打下了坚实的基础，并建立了管理图书的一套制度。他建议成立所图书管理委员会，由各门学科专家组成，钱锺书、李健吾、王伯祥、范宁、汪蔚林等人为委员。钱锺书为了调拨一批书刊给文学所，曾专函致周总理，信中说："国家交给文学所编选各国文学名著的任务，我所内原书尚且缺少，更何从编选？而我所渴望已久的书籍，在现存单位却束之高阁，并没有在学术上发挥更大的作用。这是很可惋惜的，也是极不合理的现象。如果将这批藏书拨给其他藏书丰富的单位，则是'锦上添花'的重复存储，而应'雪中送炭'拨给文学所……"这封专函使这批书刊顺利地拨给文学所图书馆，补充了文学所内中外文藏书的急需。王伯祥先生逝世后，将他私人藏书一万余册捐赠给文学所。文学所所址在北大期间，北大历史系张芝联教授，把他私人有关文学方面的藏书全部捐赠文学所。为此，文学所所务会议曾做出决定：今后凡以所的名义出版的专著和刊物均赠张芝联教授一份，以表示对他支持文学所藏书的答谢。平日图书委员会的成员，也都提供了大量国内外图书出版信息，督促图书采购人员尽快收购，补充图书馆中外文藏书的急需。因此，文学所图书馆在国内文学藏书的质和量上都名列前茅。这与老前辈的关怀努力和自身的贡献是分不开的。文学所至今对有志于从事文学研究工作者的吸引力，主要来自导师和藏书这两方面，而这些都不能不念及郑振铎所长。

1954年发起批判俞平伯的《红楼梦研究》，郑先生感到突然，俞先生是他亲自请到文学所的，是他建议这位老友继续研究《红楼梦》，俞先生研究《红楼梦》的计划曾专函报告他备案。北大中文系高才生王佩璋做俞先生的助手，也是为此调来的，如今老友受到批判，觉得自己也有责任，岂不知他自己以后也成为批判的目标。

1957年夏天，在中关村科学院一个研究所的墙上，突然贴出一张用毛笔在白纸上写的对该所所长的意见书，标题是："质问×××所长。"一时大家感到很新奇，都跑去看。据说北大当时也有这样的大字报。碰巧郑所长到所上班路过也看到了。虽然大字报并不是针对他写的，但他一到办公室马上就让我给他找来笔墨纸砚，提笔就写，标题是："我也有错误，欢迎大家批评。"内容主要讲他因工作忙，没能多管文学所的工作等的自我批评。这事被何其芳知道了，让我不要贴出去。随后召集所内的同志讲，这次整风主要是党内，告诫大家要注意政策。这张未贴出的郑振铎墨迹，我一直十分珍惜，妥善地保存在办公室，因为后来文学所几经迁移，不知在哪一次搬迁中遗失了，十分惋惜。然而先生诚恳自责的语态和那伏案认真书写的神情，至今铭刻在我心上。

1958年秋季，学术界开始批判资产阶级学术思想，拔"白旗"。他的《插图本中国文学史》便成了"为统治阶级服务的工具""不是学术著作"等需要拔掉的"白旗"。报纸上首先发表了北大学生写的批判文章。这期间，他一方面接受批判，一方面仍一如既往地积极工作。照常出席国家级的酒会、国庆招待会、大使的饯别宴会。周总理见到他，依然热情亲切如故，陈老总照旧频频向他举杯敬酒，使他感到温暖和安慰。那年10月，文学所对他进行了三次学术批判会。他出席过一次，在10月8日第一次会上。他做了自我检查（见附文《最后一次讲话》）很动情地讲到在场的王伯祥、俞平伯、潘家洵都是40年的老朋友，谈到自己的身世和编辑众多刊物的经过；把《插图本中国文学史》中"喜欢用比较研究的方法"和"强调外国文学对中国文学的影响"，也作为问题提出来请大家批评，谈得非常诚恳。他没有谈自己的贡献，也没有无原则地承认自己是所谓的"白色大旗"。10月8日那天对他的批判会，因陈老总要接见即将出国访问的他和其他代表团成员，不得不中途退席。当月17日他即奉命率中国文化代表团出国访问。到机场当天，因天气关系不能起飞，又回到家中。第二次通知可以起飞时，他重新整装前往。临行时他对老母说："妈妈，这次我再也不回来了！"谁料，此话竟成了不幸的谶语，他乘坐的飞机不幸在苏联的楚瓦什苏维埃自治共和国卡纳什失事，乘客全部遇难。消息传来，郑妈妈痛不欲生，老泪纵横，向人哭诉说："走时他就说过，他再也不回来了！"

有文章评价郑振铎先生突出的贡献是对现代中国文学现实主义文艺理论的探讨，对中国文学史的建树，对中国文物考古学的开拓；有的挚友评介他对中国现代文学的贡献在于文学的组织和积聚孤本图书等。这都是事实，除此之外，他对文学研究和文学研究所的贡献，不应忽视和低估。他的为人正直热情，喜欢帮助年轻人。与他有过交往的人，随着时间的推移，愈来愈多地感到他的友善与诚挚。他留给人们的不仅仅是学术上的业绩，他的爱国爱民爱真理，追求光明的风范，更是我们晚辈学习的楷模。

（载《郑振铎纪念集》上海社会科学院出版社2008年）

附

最后一次讲话（郑振铎）

读《收获》1981年第4期发表的李健吾先生的《忆西谛》，联想到郑振铎同志在遇难前的一次"学术批判会"上的发言。郑振铎同志为人质朴，且又是在检查自己，这个发言只谈不足、不谈贡献，对自己的功过评价是很不全面的。考虑到这是他生前最后一次关于自己的谈话，我们还是整理出来，供研究者参考。

马靖云　1981年12月22日

今天是个难得和大家思想见面的好机会。在这里的王伯祥、俞平伯、潘家洵都是我四十年的老朋友。这次整风，有机会检查自己的缺点，对自己和别人都有好处。参加土改、"三反"、"五反"几次大的运动都和我们关系不大。这次检查比以前泛泛而谈好些。很多人觉得压力很大，这是有人类以来的最大的改变，在这基础上了解自己的过去比较清楚一些。

学术文化有时走在时代前面。中国新文化运动从"五四"开始就走在前面，左翼文化运动也如此。现在还应如此。学术研究应该接受大的时代潮流的影响，走在时代的前面。我自己思想感情就应该是共产主义的。我的立场基本上改变是不会成问题的。

今天主要谈过去的著作。我不能解释为那是二三十年前写的东西来原谅自己。过去总觉得自己很进步，这种包袱反而阻碍自己不断进步。

我是生长在浙江温州的福建人。祖父在那里做小官吏。家庭中没有固定的房地财产。有钱时很阔气，没钱时靠借钱度日。祖父死后家庭生活很困苦。叔叔在外交部做个小军官，全家靠他寄钱回家维持生活。母亲在端午节时还做些玩具出卖。我在北京念书时，住在叔叔家很清苦，每天中午饭不过吃十分钱。当时上的是北京铁路管理学校，培养成为全能的铁路工人；曾做过一个时期的练习生，因电报打不好就不做了。1919年时我兴趣是多方面的，就和瞿秋白、耿济之等在一起，想出版一个青年读物《新社会》，爱写什么就写什么。当时根本没想到什么稿费的问题。经费是靠一个美国的广告。"五四"时期出版的很多刊物都是如此。利是不考虑的，也无名可言，是用的笔名，当时风气很好。我负责《新社会》的校对。这个刊物巴金家还存有一份。那时张作霖在北京，他的门口架着机关枪，走过门口阴森森的挺可怕。后来因刊名叫"社会"，又加个"新"字，有社会主义倾向，就被封了。经理被捕，放出来后还出了一期《人道》（月刊）。上面登过《国际歌》，瞿秋白译意我写歌词。

"五四"运动前一天，5月3日开会；我们因是在小学校，没能参加。我家住在赵家楼附近,火烧赵家楼时我去看了,抓去很多学生。第二天开学生联席会,我也参加了。几千个学生被关在天安门中的两个门洞之间。我们就打算送吃的、送铺盖去。学校提前放暑假,免票送学生回家。而放假后全国的学校都动起来了。当时学生开会多在汇文中学。参加李大钊同志领导的"少年中国学会",开会前,李大钊同志总在周围走一圈,参加的人各种派别的都有。那时北京学生很大部分受无政府主义思想影响,崇拜"三不主义"(不做官、不坐车、不娶妾),对军阀十分痛恨。这种观点的人现在还有不少,施复亮当时也是如此。因我没参加马克思主义小组,思想上仅有朦胧的社会主义思想。

北京铁路管理学校毕业后,分配在上海南站做铁路上的练习生,住在一个花园里,叫我挂钩,不想干。正好沈雁冰在商务印书馆做《小说月报》的编辑。因为我爱好文学,他约我编小学教科书,把文言文改为白话。我没答应,就编儿童读物《儿童世界》(周刊)。稿子几乎是我一个人写的,画配得很好,是许敦谷画的。

我们对《礼拜六》骂得很凶,他们也骂茅盾"老板"。1923年就把我调去主编《小说月报》。这时正是大革命到来的前夕。1925年五卅运动我没去,晚上去街上看,地上都是血,墙上的枪洞还是热的。对这样重大的政治运动,第二天所有上海报纸只有一条小消息。于是"上海学术团体对外联合会"决定主办《公理日报》,报头字是叶圣陶写的、标题是我写的,钱是捐来的。《公理日报》于6月3日出版,出了不到一个月,就被反动当局无理查禁了。王伯祥那时都去送报，影响很大。我们把稿子放在洋车的垫子下。有的军队来了很客气，问我们要不要帮助？要多少钱？我们不要他们帮助。《公理日报》的停刊宣言是我写的，非常愤慨，后来把激烈的字都删掉了。

北伐时，工人运动十分激烈，由邮政局、商务、电力公司三个工会带头组织起来。商务印书馆三个工会，我参加编辑所工会。北伐军快到上海时，我们就把鞭炮放在洋油筒中放，用槌子打铁当炮响。北伐军来时我们兴奋得不得了，去慰问时就像一家人一样。去过几次。后来白崇禧的部队也来了，开始清党。我是闸北工会代表。我接到通知很多人被杀。我拿到一点版税做路费，1927年5月到欧洲去了。在法国巴黎住了半年，英国住了一年。在法国图书馆看中国书，在英国伦敦博物馆看变文。这期间受了很多气，没有受外国生活方式的影响。我写了很多游记，可以看出我的思想。我没有考博士的思想。当时平伯也在那儿。后来又到意大利去了一下，回法国后归国。再编《小说月报》时王云五订了很多规章。工会提出打倒王云五，没打倒他。他不走，我们就走！圣陶走了，我也离开了。我们对资本家是非常痛恨的，这是有朦胧的社会主义思想的缘故。

北京的中学那时都是老夫子教的，很少人教新文学。到处叫我去讲新文学。北京大学、清华大学找我教中国文学史、文学批评。当时新月派有个组织，胡适、徐志摩都在里面。他们每天闲谈。我们就反对他们。创办《文学季刊》和"左联"有些联系。当时和姚蓬子联系，发现他是个大坏蛋。

我在燕京大学代表进步的一派，校领导就很恨我。司徒雷登是个老狐狸，他唆使一批教员和学生一起排挤我。我提出辞职，有些学生很同情我。我离开燕京后，吴晓铃也走了。思想上这时也起了一些变动，想应该走另一条路。我对国民党那种残酷镇压很痛恨，后来从北京又到上海。

最可怕的是在暨南大学教书，当时该校CC派和军统斗争很尖锐。待了好几年。这几年凡是有标语出来，都说是我贴的。每次纪念周，想不参加都不行。说到蒋介石，大家都得站起来，我却一个人坐在那里。学生都拿手枪，被开除的很多。党的工作做得很好。太平洋事件日本兵进上海，我还在给学生上课。后来全校决定停课。

抗战期间，生活很艰苦。生活来源没有了。当时在上海的人很多，圣陶到四川去了。日本人来的第二天许广平就被捕了。她上、中、下三层都有联系。放出来时，她头发全白了，路也走不动了。日本人对她用了很多次电刑，她一句话也没说出，保存了很多同志。柯灵被打得一塌糊涂，陆蠡被抓后不见了。那时王伯祥生活比较正常，但我们对他有意见。那时我假装成文具商人。因上海有被轰炸的可能，党派人来找我。上海有社会科学讲习所，我在那里教过书。开明书店也关了，我没地方去，就到旧书铺去看书。日本人在旧书铺找我时，却没找到。日本人问起我时，他们说我已好久没去看书了。其实当时我正在那看书。

日本投降后，控制得更严了。我在南京中央图书馆做编辑，在上海拿钱，就靠出书维持生活，印珂罗版的书，和李健吾一起编

《文艺复兴》。到1948年时，形势已经很紧迫，预感到非逃不可了，才逃到香港。本来和曹禺一块走，后来陈白尘帮助我到香港，又由烟台到北京。

我的生活很简单，由编辑到教书；偶尔参加一些运动，也不深入。我和党有联系，党处处照顾我。离开上海时，党还问我要不要钱。我思想上应该很进步，但从著作中可以看出马克思列宁主义很少，自己还背着一个进步的包袱，其实和出生入死的同志们是不能比的。不应该有这个进步的包袱。《中国俗文学史》还自认为是有些进步思想的，但著作中从头到尾看不出有马列主义的影响。

我研究文学是半路出家，没有系统的研究。过去还有一个时期写得多是为了生活，有时一天要写八千字，著作不成熟。我虽从不以学者自居，但不能以此减轻责任，我的著作还是有一定影响的。

《插图本中国文学史》解放后虽然踌躇了一下，还是出了。从中可以看出是半封建半殖民地的知识分子的著作。在我的著作中充满了封建的资产阶级的思想和治学方法。其中一些随感式的诗话、词话式的东西是封建文人的观点、方法；还有一些和封建士大夫不同的东西，这是资产阶级的进化论和庸俗社会学的观点，这些东西有五个特点：

有不少封建文人的文学批评观点。

（一）有时赞扬一些落后的东西；当然，其中也有一些好的东西。例如，对陶渊明和谢灵运的比较，扬陶抑谢，这是比较好的。但对"僮约"的肯定，则是没有阶级观点的看法，是不好的。

（二）我那时所介绍的"新观点"，实际上是资产阶级的观点，是违反马克思主义的。那就是泰纳的英国文学史的观点，强调时代影响。此外还有庸俗进化论的观点，受英国人莫尔干（Morgan）的"文学进化论"的影响。还受安德路·郎格（Andrew Lang）的民俗学的影响，认为许多故事是在各国共同的基础上产生的。[资产阶级民俗学者分为两派，一派是德国人麦克斯·皮尔（Max Beer），主张各种民间故事都是一个发源地传出来的。一派是英国人安德路·郎格，主张人类都有共同的环境，因此会产生同类型的故事]还有弗来塞（Frazer）"金枝"（*The Golden Bough*）也影响我。日本的厨川白村也曾经对我有影响。在写诗方面，我也受日本小诗的影响，我还接受了印度泰戈尔的形式。我受过各种派别的影响。

（三）强调外国文学对中国文学的影响，把很多东西都看作外国来的。例如：我认为送子观音是受圣母像的影响；说释迦牟尼的脸是希腊人的脸，还认为唱戏的人在舞台上穿的厚底靴和戴的面具也是希腊悲剧的影响。我特别强调印度的影响，说变文是一切近代文学的祖先。把有唱有说的认为都是变文的影响。例如：在《大唐三藏取经诗话》中孙悟空也会作诗，我说这也是变文的影响。当然，各国文学都受国外文学的影响，这一点是不能否认的。例如六朝有些诗，连话都是外国来的（梁武帝、沈约就受佛教的影响），而像我那样强调是不对的。说近代民间文学都是印度影响是不正确的。我在布拉格讲学时，还未改变，到苏联讲学时就不那么讲了。我找到了一些材料，证明在变文同时，也已有说故事的人了，最有名的是李义山的诗讲到张飞、邓艾的三国故事。我还找到一些材料，说明唐朝已有人讲韩信的故事；可见唐代已有人说书。变文可能倒是受寺院以外的影响。在印度，对印度戏剧有两种看法：一种认为印度戏剧是本土产生的；一种认为是希腊来的。我当时认为印度受希腊影响，中国受印度影响，结果还是中国受希腊影响。这是不对的。我过分强调了印度影响，甚至把说书的醒木也说成是印度的东西。

（四）喜欢用比较研究的方法，这是受安德路·郎格的影响，说这一故事是辛特利亚型（Cinderella），那一故事是鹅女郎型。自以为是一种新方法。这里要说明一点：这方法是不好，但归纳为类型，倒不是说是外国来的。

（五）还有一点是立场没站稳，不是用马列主义去看人民的过去，把劳动人民的作品和皇帝的作品混在一起谈，没有分清。这主要表现在对待六朝的诗歌论述中。在《中国俗文学史》里也有这错误。对杜善天的"庄稼人不识勾栏"这一侮辱劳动人民的作品，也加以赞扬。有为材料而材料的研究方法。

我本来觉得这些著作是二三十年以前写的东西，现在会有进步。我查了一下解放后我写的东西，对《插图本中国文学史》和《中国俗文学史》的重印，却没有加上新的序言，在少数地方改了一下。如去掉了一些引用胡适的话（当时编辑部也提出了意见）。我不能对以前写的东西不负责任。没有充分用马列主义方法。我在说明元代戏曲发展的原因时，原来臧晋叔有一个看法是，元代以曲取士。我反对这论点。我从元代经济发达，农民生活改善来解释，说农民可以出钱看戏。我认为蒙古人进中国后，保留了能书会画有劳动技术的人，原来的统治者被打倒了，交通发达，商业繁荣。但我忽视了元代统治者不久就和原来的统治者地主是勾结的，例如赵子昂等人，都是地主。我没有看到地主统治仍然存在，把政治和经济分开了。在关汉卿研究的文章中就是如此。

解放后我比较满意的一篇文章是《清明上河图》研究，有新观点，谈到了《清明上河图》反映的阶级矛盾。现在看来，其中也有教条主义的毛病。解放后我的文章大多是考古和美术方面的。

我编的《古本戏曲丛刊》中，有一些是不好的东西，没有加以说明，这是不好的。这也说明解放虽然已经九年，我进步却很少。

（下略）

（载《新文学史料》1983年第2期）

几多艰苦费筹谋
——记文学学科科研管理者何其芳

繁荣发展祖国的文学艺术事业,是何其芳终生的夙愿。新中国成立前,他曾建议搞一个研究机构,有人专门研究文艺现状和历史。1952年2月,国家确定郑振铎和他筹建文学研究所,他毅然放弃了多年以来从事创作的个人意愿,全力以赴投入文学所的创建工作。

1953年2月,文学研究所正式成立,郑振铎任所长,何其芳任副所长。1958年,郑所长因飞机失事不幸遇难,由他继任所长。

何其芳以创业者的精神,亲自拟定文学所的方针任务,确定机构的设置、人员的配备、研究计划的编制。除了抓研究课题的选择和管理、成果的评定、学术会议的组织工作之外,他发挥了独特的领导艺术。他着力于人才素质的培养,团结青、老知识分子合作共事,尤其注意了科研时间的管理问题。本文拟着重介绍他在抓研究时间管理问题方面付出的心血。

从文学研究所创建起至何其芳逝世为止,这正是我国政治运动如潮,会议似海的年代,要把文学研究所建成一个出成果、出人才的研究中心,要不断地为祖国的文学事业做出新的贡献,对何其芳来说,这无疑是个新的课题。

进行研究工作、参加政治运动和社会活动,都要占用大量的时间,要把这个矛盾解决好,进行科学管理,成为突出的问题。就在他任职期间,文学研究所出版了一批成果,培养出一批人才。成功的因素很多,其中

何其芳(1912—1977年)

主要是他管理有方,有他的管理特色。他一生做任何工作都喜欢钻研,他把管理文学所作为一门学问,一种科学,常说"科学是需要钻研的"。对文学学科的管理,他一直在不停地进行钻研、探索、总结,找到了一些规律。

建所不久,有一次争论,当有人向现代文学研究组组长陈涌反映因参加社会活动和会议过多而影响工作时,陈涌同志让组内年轻同志按周填表,记录时间使用情况。他把这些材料拿到所务会议上讨论,会上产生了意见分歧。

何其芳是研究员,深知时间对研究工作者的特殊意义。研究工作者珍惜自己和他人的时间。"时间就是金钱,时间就是生命",用这话说明时间的重要性可以接受,从科学的定义来看它是缺乏严密

的科学性的。因它不能像金钱一样进行交换,有限的生命与无尽期的时间也不能同日而语。仔细考察何其芳治所期间,自始至终都注意这个与取得科研成果利害攸关的问题。

制定的科研课题,编写得再完美无缺,如不付诸实现,只能是镜花水月、纸上谈兵。要使课题变为丰硕的成果,何其芳在重视课题计划必要性和可行性的同时,订立了一系列的规章制度,保证所内的研究工作按秩序进行。

1960年,经过不断地探索,结合研究工作的特点,所内已形成了一系列的规章制度。如:"关于研究人员的聘任规定""关于加强组、室领导的决定""关于保证工作成果质量的办法""关于研究实习员的培养办法""研究工作计划的制订修改和执行情况检查办法"等。

抓紧时间管理,也是通过有关规章制度实现的。所内每次课题都有明确的时间界限,长远的、当前的。课题的开始就是掌握时间的开始。一个课题项目的承担人开始一个项目时,就像长跑运动员从起跑线开始一样——目标明确、时间紧迫。他们清楚地意识到,接受项目的同时也是他们时间应花在什么地方的开始。集中精力,全力以赴。

每天保证八小时的业务工作时间,今天看来本不是什么问题,20世纪50年代中期,文学所所务会议却有四次讨论和发布"关于保证研究工作时间的规定",明文规定:"为了保证研究计划的按时完成和工作质量,使所内研究人员以充分的时间进行工作,研究人员每周至少有四十小时的研究工作。"规定还定出具体措施:压缩会议,可开可不开的会不开。在那样一个运动压倒一切,几乎是会议指导一切的时期,这些规定给人造成争分夺秒的气氛,从运动的间隙中抢时间的感觉。这样得来的时间,谁不珍惜?!

这时,还没有一个研究所明文规定研究人员可以不坐班的制度,"关于保证研究工作时间规定"中明文取消了研究人员坐班制,节省往返上班路上所花的时间。与此相辅,规定了按季度书面汇报研究工作进度的制度,上自研究员下至研究实习员均需执行。何其芳本人也不例外。如1957年第一季度他的工作汇报是:

> 二月初写出论文《琵琶记的评价问题》共一万八千字,已在《文学评论》第一期上发表。二月份本来打算写一篇关于《论阿Q》的补充说明文章,由于工作忙、会议多未完成。三月份《文学评论》编辑部组织写一篇纪念延安文艺座谈会的文章,停止了对《论阿Q》的补充研究。原定三月份开始的元人杂剧的研究工作也因而向后推迟。

这种按制度、有步骤地进行工作,计划中的课题一批批按期完成。大多数变为成果出版。

日常生活中,他还十分关心业务人员的素质培养,千方百计地设法提高他们的艺术鉴赏力。他与所内其他老专家,共同拟定了青年研究人员必读中外名著二百余种书目[①]以开阔青年人的视野,提

---

① 见附录一。

醒学术秘书室组织观摩由中外文学名著改编的成功的电影：苏联的《复活》《白夜》；朝鲜的《卖花姑娘》；中国的《林家铺子》等。介绍优秀的四川折子戏和湖南的花鼓戏《补锅》让大家去欣赏。鼓励大家去中山公园看东山魁夷的画展，会前班后闲聊中多次号召大家多听中外名曲。工会为了配合所内业务开展，购买了大量名曲唱片（当时还没有录音磁带），以便大家欣赏。他认为，听名曲对写诗、评诗都大有益处。长期在这样的环境气氛的熏陶下，文学所的大多数人员，举止悠闲洒脱，言谈活泼自如，思路活跃。他们治学态度严谨、刻苦，喜欢钻研问题、抓紧时间日夜拼搏，有较扎实的专业功底，又有一种谦虚求实的学风。这些和所长的长期培养、从严治所是分不开的。

"任何管理工作都需要有特殊的本领。有的人可以当一个最有能力的革命家和鼓动家，但完全不适合做一个管理人员。凡是熟悉实际生活、阅历丰富的人都知道：要管理就要内行，就要精通生产的一切条件，就要懂得现代生产技术，就要有一定的科学修养"。[①]一个大的学术机构的组织领导者，各方面都向他提出了更多更高的要求，如果他仅仅花费与他同级研究人员同等的时间和精力，是很难成为一个有效的管理者的，时间的压力对他来说是最重的，为此，何其芳采取措施，科学地管理使用自己的时间。

首先他自己减轻时间的压力。他兼职很多，曾先后担任北京大学、社会科学院、哲学社会科学部党委委员。但这些单位与文学所

[①] 《列宁全集》第3卷第394页。

无关的党委会,他极少参加,为此虽没少受到批评,他仍坚持可出席可不出席的会议不出席。他虽然热心接待青年求教者,却厌恶慕名而来无聊的拜访。当时文学所内流传着一个"抱兔子的人"①——再来访遭到拒绝的笑谈。"文化大革命"后期,所内开始恢复部分工作,他急于想做些业务工作,对过多的非业务性的会议异常反感。临终前几天,他曾对一连几天的会议十分不满,对我说,怪不得毛主席讲开会可以把人开死。对没有争议价值的会议纠缠不休耗费时间,深感痛惜。

他也非常注意集中使用时间,把一天分为三段:上午到所上班,集中处理所内事务或参加会议;午休后在家阅读或接待来访。研究工作集中在晚上9点到次日凌晨。精神疲劳时就写信调剂。最后一封信是寄给他延安时期的老友曾扬清的,时间是1977年7月11日凌晨1点。

他更善于利用零碎的时间,办公的空隙时间或等约好人来谈话前,他就从旧蓝布书包中掏出一本名著来读。《两面人》就是用这些时间读完的。住北京医院割治颈痈四十七天内,除阅读中外名著三十八部外,还写了论文《雨果的〈九三年〉》和散文《春天》。

生活、工作、阅读都是快节奏、高频律,他欣赏简明扼要的汇报,只想知道他要知道的问题,已知道或不想知道的事不希望啰唆,以免浪费双方的时间。这位一贯平等待人和蔼可亲的领导,有

---

① 指一位粗识文字的郊区的社员,曾寄来一首短小的"新诗",其芳同志看了诗后,当即复信他安心农业生产劳动,努力学习文化。这个社员带此信多次要与"何老"面谈。一次竟抱着一只兔子来所。后来所内即笑传"抱兔子的人又来了"。

时也不留情面地、急躁地打断向他汇报工作人的谈话,提醒对方他要知道什么。而有些谈话他却非常慷慨,所内外开展对俞平伯《红楼梦研究》批判时,他亲自到俞家找俞平伯谈心,了解他的心情,解释他提出的问题。文学所编的《中国文学史》,他与毛星除看稿提修改意见外,也多次找编写组的同志谈话,协助解决其中的矛盾。他们都对《中国文学史》无私地做出自己的奉献。

何其芳同志已把工作与生命融为一体,"不工作就无法生活"。他做研究工作如此,领导研究所更是如此。他领导文学研究所期间,积累了不少宝贵的经验,他的后半生,除参与文学研究工作外,主要致力于文学研究所的组织领导管理工作。凡此种种,把他铸成为一个"硬专家"[①]型的领导,成为一个有效的文学学科科研管理者。

(载《中国社会科学院院报》2004年4月27日《何其芳研究》第13期)

---

① 《论研究所的管理》(《科研管理》1982年第3期22页)

附
关于科研干部培养问题（何其芳）

本文是何其芳同志1961年10月26日在前中国科学院文研所为调入该所的大学毕业生所做的报告。这个报告实际上总结了文研所培干工作的若干基本经验，并着重谈了如何做研究工作的问题，对于研究方法、读书方法、写文章的方法以及理想抱负，提出了许多指导性意见，可供青年同志学习参考。

原讲稿未曾整理发表过，现由马靖云同志根据何其芳同志当年亲笔写的讲话稿加以整理，由本刊发表。其芳同志的讲话稿原来讲三个大问题，这里发表的是后半部分，本刊编辑部只在个别地方做了一点必要的技术性加工。

培养干部的基本方法是从工作中培养，从工作中提高，也就是边干边学。

采取这种方法有两个理由：首先我们是工作机关、工作人员，我们的研究实习员与研究生、进修生不同。毛主席在《中国革命战争的战略问题》中指出："读书是学习，使用也是学习，而且是更重要的学习。从战争中学习战争——这是我们的主要方法。没有进学校机会的人，仍然可以学习战争，就是从战争中学习。革命战争是民众的事，常常不是先学好了再干，而是干起来再学习，干就是学习。"（《毛泽东选集》卷一）所以从工作中培养和提高，是我们的最主要的最好的培养和提高的方法。事实证明，从工作中培养、提高，比偏重于单纯进修进步快。当然，这并不否认专门学习的必要。上学校是专门学习，研究生、进修生偏于专门学习；但我们的具体情况不是学校而是研究所，不是学生而是干部，是研究工作人员，规定我们应该采用这种方法。

"青年干部是以工作为主呢，还是以学习进修为主？工作任务是服从培养干部计划呢，还是通过任务的完成来达到培干计划的实现？"有的同志认为应该以培干为主，工作任务应服从培干计划。恐怕不应这样对立起来提问题。工作和培干都是我们的任务。主要通过工作来培干，但定工作计划时也要考虑到年轻同志的补课等问题。

过去这方面有缺点，只有工作计划，只有参加研究工作，或其他工作，没有参加工作以外的其他业务上提高的办法。我们开过一个书目，但没有安排应有的读它们的时间。此外，我们的培干工作中，如何从年轻干部的具体情况出发，考虑也不够。这里有一系列的问题：如专业发展方向问题，不应当使一个年轻干部今年定的计划和明年的计划在专业方向上相差过远；也不能不考虑有的年轻干部存在薄弱方面因而需要"补课"的问题，随着也就有个"补课"时间问题等等。专业方向不能老变，也就是要比较稳定；但应是一定范围的稳定，搞得太窄也不利于干部的成长。到我们研究所工作的年轻同志，在学校学习或在别的单位工作时就有了专业方向或个人志愿和爱好。来所后不一定就以学习时的专业为根据。要考虑得更全面一些，要把国家的需要，研究所和研究组工作的需要，个人的基础和志愿，各方面结合起来考虑，以前者为主。年轻同志可塑性较大，还是要强调服从工作需要，当然也不是完全不考虑他过去学习工作的情况。

要求各研究组定培养计划时，每个研究实习员要定专业发展方向，在工作计划外有学习补课计划。补课时间可以不超过整个工作时间的四分之一。

"我们培养干部的标准规格如何？应该从哪些方面来要求青年同志？达到助理研究员要具备哪些条件？如何学习外文？"这些在中国科学院制定的有关条例中都有规定。原则上以此为根据。我想说一点，我们不要单纯从定职升职角度来考虑这些问题，要有更远大的理想和抱负，要从为社会主义奋斗目的来考虑。

个人努力和集体帮助相结合也是我们培养干部方法中的重要一环。前面是从工作和学习的关系上说，这是从个人和集体的关系上说。

个人努力是基础。最近一个时期肯定了个人努力，肯定个人的才能，反对了在人才的使用、培养、提拔上的平均主义。把个人努力和个人主义分开。对才能的正确看法是：1，承认有才能问题。但后天的环境和条件是决定的因素之一。2，一般人都有才能上的差异，但天才是极少的。3，才能的大小要靠一生的劳动结果来证明。既然承认各人的努力有差异，才能有差异，还可能有其他条件的差异，就不能在人才问题上采取平均主义。当然，从年轻的同志来说，要谦虚，即使你有才能，也要谦虚，更不要发展个人主义，个人主义是低级趣味。有表现有成就时尤其不可骄傲、自满。我们的整个学术工作还相当薄弱，所以可能写几篇文章就受人注意或称赞。另外，专业方向正确，加上个人努力，有才能也容易有表现有成就。这就更加要谦虚，永远不能自满。

我们说的集体帮助包括领导上的指导和同志间相互提意见等。我们的工作都是在有领导下进行的。研究组长、副组长或负责某一项的研究人员，都有指导责任。指导研究实习员，我们不用导师名义，也可以打破只有高级研究人员才能指导的"习惯"。在一个集体研究项目中，可以相互帮助。从制定研究题目到产生研究成果整个研究过程中，都要有指导。主要的研究成果尽量在研究组内或小集体中讨论。必要时还可邀请组外以至所外有关同志参加，但最后仍由研究工作者通过自己的头脑决定如何修改。组上否决的稿件仍可以发表，可以自己投稿。一篇文章能够发表，说明它有一定水平。但也不是绝对的，现在一些刊物选择稿件的标准、水平并不高。在这个意义上，我们不必太重视发表问题。

集体写书问题，还需要总结经验，初步经验有几点：一、要有准备；二、要有有经验的领导，较精粹的队伍，"大兵团作战"不是好办法；三、时间不能太匆促；四、不能不断地集体写书，需要有间隙，需要有分散的专题研究相交替。外国文学写书问题，写世界文学史也好，写各个国家的文学史也好，看起来都需要有一个时间的准备。

做研究工作应该有正确的方法（包括研究方法、读书方法、写文章的方法等），还要有好的学风，今天主要讲研究工作的方法，同志们提出的许多具体问题也都属于这方面。

研究方法，我们当然是采取马克思主义的研究方法。

（一）确定研究题目

研究总是从占有材料开始。当然，首先是确定研究题目、研究任务，或研究某个作家、作品，或研究某个问题，或研究一个时代的文学。确定题目、任务后就是占有材料了。材料很多，包括作品本身，以及评论作家作品有关的材料、社会背景材料。要详细占有材料尽量占有第一手材料。在占有材料问题上，马克思主义者和过去的学者们似乎区别不大，但也有区别。占有什么材料是观点支配的，用历史唯物主义观点就决定要大量占有社会背景的材料，有关上层建筑的材料，不研究无意义的琐细问题（如杨贵妃如何洗澡），不在那些材料上花工夫。

研究文章要发现问题，分析问题。否则写出的是教条主义的文章。作家作品论也以问题为核心，从材料中发现问题。前人已提出的问题，有争论的问题，自己从材料中发现的问题，从众多的问题找到中心问题，关键问题可以把它归纳起来，当然有时不止是一个或两个问题，而是一系列更多的问题。

围绕问题再进行研究，再看更多的材料，并且在马克思主义指导下对问题加以分析。有时候对某个问题的实质看不清楚，往往仔细加以分析就比较清楚了。

对各个问题得出看法，并从而得出对于问题、作家、作品的总的看法。正确的结论是客观事物的本来面貌，本来的规律，而不是主观臆造出来的东西。

以我研究《红楼梦》为例。我的任务是研究《红楼梦》的思想性和艺术性。就必须细读作品和批注（前八十回都是用抄本系统的本子，以庚辰本为根据），逐章逐页地核定前人的批注，也同时看我们的批注。我还看了当时我所能找到的全部有关曹雪芹的材料。我把《红楼梦》的讨论集所有文章读一遍后，提出几个问题：宝玉、黛玉的典型性问题，薛宝钗性格问题，消极思想因素问题，思想的阶级性质问题，后四十回的艺术评价问题等等，按人物、按问题做了各种材料的笔记或索引、卡片。因涉及《红楼梦》同清初社会思想、同前代文艺传统的关系，我还读了清初一些思想家的著作，几部《红楼梦》以前的小说（《金瓶梅》是这次看的，在这方面读材料不够多，因当时另有同志分工研究），然后进入写作。我写关于《琵琶记》的争论问题的文章时，作品看了五遍，看了所能找到的有关的材料，还有讨论的全部材料，也看了不同的版本，看了一些封建说教的戏。读《琵琶记》五遍，不是集中在一个阶段，先是一般地读，看了评论文章后，再去读，思考问题过程中，又再读，如此反复地读，问题容易理解，再动手写文章。

（二）读书方法

读书方法问题。同志们有一个争论：由广到深，由面到点还是由点到面。我看由面到点、由点到面好像都可以，问题在于结合我们的具体情况，结合每个同志的工作项目。我们一般有两种读书方法：

一是为完成研究任务而读的材料（包括书、论文、资料等）。这是有计划有目的的认真的细读，同时做笔记、卡片、索引，不但读，而且要坚持研究问题，弄清问题。

再是为增加基础知识，提高文学修养的浏览，包括对国内外文学现状的了解。这可以有计划地读，也可以不那么有计划，也可以做一点简单的笔记，但不一定要那么仔细地读。两种读书方法可以互相调剂——王国维讲过他做研究工作，用这两种读书方法。

如何收集和利用资料？记论点还是摘内容？要不要做卡片？今后又如何来利用它？研究工作中要围绕题目占有材料和利用材料。前面谈研究《红楼梦》《琵琶记》时已讲到，尽量占有可能找到的所有材料。材料越多，问题的面貌越清楚；但有时也许找到的许多材料不一定有多少用处。最好做笔记，根据研究工作的需要，感到有用的就记，不是所有的都记。索引式的、摘要式的、材料、论点（包括别人的和自己读时感到的意见）都可以。做卡片有它方便的地方，但做好，比较花工夫。索引式的笔记恐怕最容易做，容易坚持。但使用它时还需要查原材料（必须再查，不能凭记忆，甚至不能凭摘录）。关于做了卡片今后如何使用的问题，我想当你研究问题写文章时就会感到它有用无用，起码可以靠它来熟悉材料。

如何提高艺术鉴赏力？多读古今中外好作品，多读各种富有艺术性的作品，各种流派和有不同艺术特色的作品，多读古今中外评论艺术性、欣赏文学作品的论著。读时可以欣赏式的读。平常浏览更可以偏于欣赏式的，欣赏式的读和为了研究工作而读，两者有差异，但有时也可以结合起来。所内列的作品书目，提高鉴赏的书目、论文选都应该读。

（三）写文章的方法

研究成果一般总是用文章来表达。研究的结果就是文章的内容。内容决定于整个研究的成果，但表达得好不好却有一个文章的写法问题。中国向来很重视文章的做法，中国古代有很多好文章，值得学习。毛主席是很重视写文章的，他提出过"准确性""鲜明性""生动性"。准确性是指正确地反映客观事物，指文章的内容。鲜明性、生动性就更多地和文章做法有关系。

我现在从另外角度，从学习写文章的角度来提出一些要求：

1. 清楚。这是起码的要求。文字清楚、论点清楚、条理清楚，这相当于创作的形象明晰。我们写的文章应当每句话都合语法，注意修辞和逻辑性，含意明确，这就是文字清楚。要做到论点清楚，首先靠研究得透彻，但也有一个表达问题。用准确的文字、句子、清楚的段落把自己的论点说明确。条理清楚指结构，开头、中间、几个部分，以及结束都有联系，而不是现象的罗列。

2. 讲究。字斟句酌、干净、利落、精练、行文多有变化以至有风格。行文包括句法要有变化很重要，否则，即使清楚，但嫌呆板。更高的要求是文章要有风格，随着内容的变异表现形式以至风格都有变化。马克思的文章有不同的风格，毛主席的文章也是如此。每个成熟的作者都有自己的风格。不同内容的著作又有不同的风格。风格是广泛地吸收前人文章的优点，加以长期的写作实践，以及个性、爱好许多方面的因素形成的。对年轻同志来说，还不能做这要求，不可强求。但可要求文章写得讲究。

写好文章的几个着手点：

提纲：写文章之前，首先是写提纲和修改提纲。内容复杂的文章总是要写提纲。要重视逻辑性，找到事物的内部联系；问题集中，结构不支离破碎，不是许多材料和意见的随便堆积。

语言：写作开始就碰到语言表达问题。学习语言也是靠平时努力。提高语言表达能力，写得生动活泼，就得下苦功夫学语言。除学习大众语言、古代、外国文学作品外，写文章时还要多费思索、斟酌；不推敲、不思考、提笔即来的语言是一般的语言（偶然也有神来之笔）。日常要培养对语言的辨别和敏感。还需要多读一些语言讲究的文章。

写文章需要高度的精力集中，头脑应特别清楚。少让读者吃苦头就得自己先多吃点苦头。长文章易使人"望而生畏"；但如果写得好，有内容，文字又讲究，就能引人入胜。真正使人生畏的是坏文章，乱七八糟的文章，没有内容也不讲究语言文字的文章。读好文章、好作品总是嫌短，再长也觉得不满足。读坏文章、坏作品总是嫌长，再短也嫌长。"文成于难"，清代金圣叹有八股腔，但他有些见解如"精严""字有字法，句有句法，部有部法"等都讲出了一些道理。

修改：反复修改，多看看，多征求意见，自己抄写时还可发现需修改之处。鲁迅的手稿写得多整齐，认真写的每个字、每句话都是经过思考过的。

如何进行艺术分析？其实现在思想分析深入的文章也不多，真有真知灼见的也不多,常常是一套大家都知道的道理;不是从作品的实际出发,抓住它的特殊的地方(优点和缺点)加以深入分析,提出有独创性的见解。艺术分析当然更差。艺术分析提不出一个公式来。重点还是放在分析作家作品的艺术特点,艺术风格,分析作品中特别成功之处,有特色之处。这好像最不容易。我们对陶渊明的诗、李煜的词,对《红楼梦》,在艺术特点的说明上做了一些努力,恐怕还达不到深入细致。艺术分析与文学鉴赏能力有关。要多读一些艺术分析较好的文章。中外古今艺术分析好的文章也可以选一个选本。中国是有文艺欣赏传统的,过去常用一些形象的语言来讲艺术风格。朱元璋第十七子朱权《太和正音谱》中说"王实甫之词如花间美人"。我们既需要有概括的语言,也可以用形象的语言,但要应用得确切,不能滥用。

最后,谈谈理想和抱负问题。

"要不要有远大的理想和抱负?要有什么样的理想和抱负?"不要着眼于个人成名成家、个人名誉地位的旧思想包袱,而是要有我们阶级的集体的理想和抱负,在我们身上体现这种阶级的集体理想和抱负。一个人经过努力,可以成为著名的研究家,然而又不是为了个人。我想我们的抱负应该是:提高一个时代的文学研究学术水平,建立有中国特点的马克思主义的文艺科学,推动整个国家的文学艺术和学术的繁荣,使我们的国家在文学研究方面也处于先进的地位。现在我们还需要做长期的很大的努力。新文学、无产阶级的新的理论还没有充分总结,我们的马克思主义文艺理论还没有和中国现代文学和古代文学的经验完全结合起来,如果结合起来一定有发展和创造。整个说来，学术水平还不高，对世界上许多文艺科学问题还不能发言；从新的角度来讲，对国内的许多文艺理论、创作问题也还不能发言，我们起的作用还不明显。

理想和抱负不要停止于只是理想和抱负，要用艰苦的劳动来使理想和抱负逐渐变成现实。"志大才疏"是实现不了理想抱负的，要用艰苦的劳动一步一步去实现。要鼓足干劲，但是又不要急躁。快，要符合客观事物的发展规律的快，否则"欲速则不达"。经过坚韧的努力，总是会有贡献，或大或小或多或少的贡献，当然要争取大一些、多一些。

以上讲的，可以总括为几句话：

又红又专——这是方向。

边干边学——这是基本培养方法（从工作与学习的关系来考虑）。

个人努力、集体帮助——这也是培养方法（从个人与集体关系考虑）。

方法正确——指研究工作方法。

学风良好——指研究工作的作风。

发展学术、贡献祖国——目的，也是理想抱负。

（《河北师院学报哲学社会科学版》1982年第4期总第16期）

永远地怀念
——回忆何其芳同志

何其芳同志与世长辞已经三年多了。三年来我们经常想起他、谈到他。每当在报刊上看到一些抒发着对其芳同志深切感情的悼念文章,我们这些曾经在他身边工作过的同志,总是感到格外亲切。许多往事,历历如在眼前。

马克思主义者的本色

其芳同志从来不隐瞒自己的观点。他敢说、敢想、敢争论,辩论起来,不怕得罪人,不怕言辞尖锐。所有接触过他的人,对他这种鲜明的个性有深刻的印象。即使是在他被当作"黑帮"挨整,后来又长期"靠边站"的时期,也是如此。

1966年秋,他在所内被斗后回家,正遇上外单位来抄家的人要把毛主席、刘少奇同志、周总理批改过的《不怕鬼的故事》序言底稿拿走。他不允许,当场就争执起来。他坚持这不属于查抄范围。那些人要他"老实点"!说他是反革命修正主义分子,他拒不承认。抄家的红卫兵问他敢不敢再说一遍，他就又说了一遍。"你敢写下来，你不是反革命修正主义分子？！"他顺手从台历上撕下一页，在上面奋笔疾书："我不是反革命修正主义分子。"他还在下面端端正正地签上三个字"何其芳"。

1972年他从干校迁回北京后，经过几次检查，军宣队领导认为可以通过了，最后让他表个态：声明对"文化大革命"中批斗他的群众不打击报复。他当即表示不能从命："我过去对群众就没打击报复过，今后我也不会。我没有这个缺点，用不着说克服我不存在的缺点的空话。"来文学研究所比较早的同志都十分了解，从1953年建所以来，他作为所长，在历次大小运动中，受的批评（后来是批斗）是不计其数的，但没有一个人因批评过他而遭到打击报复。

记得1954年10月，毛主席《关于〈红楼梦研究〉问题的信》下达后，所内展开了对俞平伯先生的资产阶级文艺思想的批判。其芳同志在所内核心小组研究、讨论时，对毛主席信中批评的"甘心作资产阶级俘虏"表示了不同的看法。他认为对俞平伯先生帮助不够，教育不够是有的，存在着右的思想，但我们没有成为俞平伯先生的俘虏，投降更谈不上。在对俞平伯进行具体帮助的过程中，他强调政治问题与学术问题分开，应当采用同志式的帮助，进行学术性的争论与批判，不要无限上纲，乱打棍子、乱戴帽子，因此使运动取得了比较好的效果，既弄清了思想，又团结了同志。俞平伯先生虽然学术思想经受了批评，但心情是比较舒畅的。此后不久所内进行第一次评定职称，俞先生仍被评为极个别的一级研究员。学术批判不影响个人的政治、经济生活待遇。这显示出其芳同志坚持原则，实事求是的优良作风。

其芳同志对毛主席是有深厚的无产阶级感情的，但他不全是"凡是"。1964年在学习和讨论毛主席对文艺工作的两个批示时，他对毛主席指出的"十五年来，基本上（不是一切人）不执行党的政策……"曾表示异议，他说，"我们所政治上是依靠党，组织上是依靠老党员、老专家……我们基本上是执行了党的方针政策。"

在"文化大革命"中，当把他以上的事例作为他反对毛主席、反对毛泽东思想例证时，他每次都承认以上情况属实。其芳同志就是那种在任何处境中都不失掉胸怀坦白、实事求是的马克思主义者的本色。

永不停止转动的齿轮

深夜写作是其芳同志的习惯。他的许多论文及诗作，常署"晨四时""晨五时"……就是在这种情况下，他还是把第二天上午在办公室的工作程序安排好。早晨到办公室上班，一进办公楼的大门，有时还在楼道上，就开始找人、谈事。进办公室、站在办公桌前，不等坐下就打开书包往外掏文件、稿件、书信……这时他约好来谈工作的同志也随着来到他的面前，看到自己的稿件不知在什么时候，已经打开放在桌上，上面稀稀疏疏地布满了其芳同志批改的蝇头小字。两人几乎同时坐下就谈起对稿子的修改意见了。所有这些都是在极其紧凑的时间中进行，没有一分钟的拖延和浪费。有时要到外单位开会不能来所，就在八点把头天想好的工作安排用电话告诉办公室工作的同志。他性子急,说话快,非要在很短的时间内把所有的事在电话内交代清楚不可。听电话的同志就在精神高度集中的紧张情况下,尽快地用纸笔一、二、三地一边听一边记。他那种争分夺秒、珍惜寸阴的精神,对周围的同志有很强烈的感染力,也是一种很大的鞭策。让人尽快地随着他的速度转动、前进。他走路急促,说话干脆,从不隐晦曲折,转弯抹角,打官腔,拉长调子。看文稿发现问题非常快,能用文字迅速、准确、生动地表达自己的意见。一转眼工夫,笔下那张36开的白稿纸已密密麻麻地写满了。一位同志曾非常钦佩地谈起过:一些吝啬的人恨不得把一分钱掰成两半花,其芳同志却恨不得把自己掰成几瓣来用。

在"接受工人阶级再教育"的年代,我们曾经和他一起到齿轮厂包装车间劳动。工休时彼此议论自己所属的工种。在议论其芳同志的工种时,一致认为他是"重脑力劳动者",相当于重工业的炼钢工。一致认为他的性能是"高频率"。当我们看到他认真地用每张油纸包裹一个个齿轮时,忽然想到列宁所说的党的文学事业是党的整个事业中的齿轮和螺丝钉的名言。就深切地感到我们眼前这位埋头认真劳动的老文艺工作者,就是我们社会主义文艺事业中一个永不停止转动的齿轮。他无限忠于党的事业,为革命的文艺工作贡献毕生精力,就是使这个齿轮飞快转动的巨大动力。

攀登科学高峰的战士

从河南干校回北京以后,所内业务仍长期不能恢复。他也和大家一样，几个人挤在一个办公室办公。一次他劝同办公室的一位女同志趁机再学一门外语，当那位同志担心自己年纪大怕学不好时，他鼓励地说："不要紧，我因为要直接读海涅的诗，六十岁了才开始学德文，当然很吃力，但现在翻字典也可以大致读海涅的诗了。这就和读中文译文、英文译文都是不大相同的。可以说，不从德文读，你就无法认识海涅是一个杰出的诗人，为什么马克思、恩格斯都称赞他。"他也反复劝熟悉的所外青年同志学外语，并以自己读莎士比亚剧本的体会说服别人："莎士比亚为什么有人就不喜欢？当然莎士比亚是诗人，读他的剧本要读原文，读翻译的那是不行的。你真从英文一个字一个字读几部他的名著吧！读完后你会觉得和读中译本是很不相同的。打个比喻说，原作是酒，译本是白水。要学习外国文，有基础的千万不要丢掉，没有基础的，下决心也是可以掌握的。写作当然根本是生活、思想，但学习和继承中外文学遗产，也是一个必不可少的条件。"

基于这种认识，他暮年壮心未已，在困难的条件下，吃力地学习外语。他从不以自己是一个成熟的马克思主义文艺理论家自居，尽管国内外都曾不止一次的有人这样介绍他。他由衷地劝诫青年同志"一定要认真学习马列主义毛泽东思想，不可把学习只限制在专业方面、文学艺术方面。这是我搞文学大半生的最重要的经验"。他不仅自己在十分繁忙的情况下学外语，学马恩的经典著作，艰辛地攀登文学事业的高峰，还呼吁后来者，和他一起攀登！攀登，直到光辉的顶点。

培育新苗的园丁

何其芳同志对工作认真负责的态度，在所内是尽人皆知的，可他本人却不止一次地检讨："我没有尽到自己的责任……"

1972年春，所内有位同志痛感"文化大革命"以来，业务荒疏太久，就自己主动探讨一些问题，并将自己写好的论文送其芳同志提意见。他看后在上面做了许多修改，另外还提了不少意见，最后还提供了与论文有关需要再读的一些文章和书目。这位同志看到自己的论文有那么多毛病，又见到其芳同志带病为他修改文章花费那么多的精力和时间，顿时热泪盈眶，感愧交集，心情沉重地说："来文学研究所多年，运动搞了不少，研究工作却没有什么成果，至今文章还写不好，十分痛心。"其芳同志当时也很激动，他诚恳地对这位同志说："我没有尽到责任，使同志们进步不快。"其芳同志逝世后，这位同志谈起他这句话泣不成声："哪里是他没尽到责任，他对我写的文章，从口头到书面意见，不知道提了多少次，修改过多少遍。正是他这种诲人不倦、严肃认真的精神，激励着我，使我增强了信心和勇气，不断地克服自己的缺点，弥补自己的不足，才取得了一些成绩。"

有同志说其芳同志看稿件像老师给学生改作文，连标点符号带分段，都仔细修改。其实，远不止此。学生作文批改后发给学生，绝不会再修改后交还给老师，而其芳同志为同志们看稿，却是初稿、二稿、三稿。我不止一次听到过，他对最后修改后比较满意的稿件，在还给作者时，心情舒畅愉快地说："我看可以了，几乎连标点符号都没有动，可以定稿了。"

目睹其芳同志日夜劳碌的背景，我们先后在他身边工作的同志，似乎共同遵守一种默契，绝不为个人的事打扰他的工作，或影响他的时间。1977年年初，我不知道从哪来的那么一股不满情绪。觉得自己来文学所后，什么都是"原封未动"，想调动工作。这时其芳同志正在忙着利用业余时间，做个别访问收集资料，准备写回忆录。他了解上述情况后，没有批评我，而是和我进行了比较长时间的谈话。他在对我的工作表示了自己的看法后说："我参加革命后，一点是真正要革命，一点是真正相信马列主义、毛泽东思想，并愿意努力实践。学习不好，实践不好，还犯不少错误。但我认为，作为一个革命者，首先是服从革命工作的需要。凡是革命需要的，都应全力以赴。个人志愿实在不应过分重视。我本来是想搞创作的，在延安却长期教书，解放后又分到了马列学院教书，后来又到文学研究所来做行政工作，我的第二志愿是搞研究工作，却成了兼顾的工作。由于我马列主义没学好，政治路线觉悟很低，行政工作和写的评论文章两方面都有不少错误，对革命没有什么贡献，只是竭尽全力地去工作而已；但党和人民却给了我很高很多的荣誉，想起来时常感到惭愧和内疚。"他一改过去谈话快的习惯，一个字、一个字地讲，我随手在一个小本子上记。他讲到这里，很激动，眼睛都湿润了。我听着听着，也控制不住自己，眼泪一流出来就再也止不住了，我羞愧得无地自容。我真想大声说，"其芳同志，你批评我吧！再尖锐再严厉我也受得住，我能接受"。但我激动得什么也说不出,甚至写字的手也激动地抖动得不能记了。他针对我因组织问题不能解决继续说:"按照我们党的工作习惯,培养和教育党的后备队伍一般是由党的基层组织进行。我这次访问中,又了解到在1939年2月,延安鲁艺美术系有两个教师申请入党,毛主席知道了就找他们去谈话。毛主席说:'沙皇俄国是压迫革命党人的,列宁就曾充军到西伯利亚。但列宁在西伯利亚还可以读书、写著作。蒋介石对共产党采取更野蛮残酷的办法,叫作"宁可错杀一千,绝不放过一个"。你们申请加入共产党,要准备过一辈子艰苦奋斗的生活,要准备必要时牺牲自己的生命。'毛主席在领导全党全国工作的百忙中,还抽出时间来找鲁艺申请入党的教师谈话,这是多么感人的事迹!拿这次访问中了解到的一些事情对照自己,总觉得没尽到责任。"此后,我见他和别的同志谈话,也谈思想,谈做人,谈奋斗目标……他是在尽责任,在尽一个老党员的责任啊!这些我们将是终生难忘的。

其芳同志一生做过多次的教学工作,他在学校教书是一个名副其实的好园丁,离开学校,也仍然是一个辛勤培育新人的好园丁。在全国经过他帮助、培养过的年轻人不知有多少,"桃李满天下"对他来说是最恰当不过了。他在这方面所做的贡献,也将同他的著述一样,永远受到人们的怀念和尊敬。

1981年6月29日

(载《何其芳研究》第6期)

何其芳：留下的不仅仅是文集

四十年一瞬间，往事并不如烟，有些事恍如昨天，犹历历在目。当代科技飞速发展，有事想记，手机一按录音录像就可记录完满。四十年前则不然，想重现往日情景只能靠纸上笔墨渲染。

一、神思

1977年4月1日，天气乍暖还寒。阳光洒在窗前的写字台上，台面上的厚玻璃下垫着厚厚绿丝绒，看去软绵绵的，给人一种舒适感。美中不足的是玻璃的左下角有个裂缝，破坏了它的完美。写字台的主人何其芳进门，把他的帆布书包放在写字台上，并没像往常一样坐下，而是回头兴奋地对跟他进来的何西来说："昨天夜里我翻读元代人的集子，发现了两首诗。"随他二人一起进来的陈毓罴等几人听后，也很感兴趣地围上来，急迫地要看那两首诗，何其芳有点得意地说："我背下来了。"接着他又遗憾地表示："有些地方解释不清楚。""那你快背给咱听。"何西来的话带点秦腔。

> 锦瑟尘封三十年,几回追忆总凄然。
> 苍梧山上云依树,青草湖边月坠烟。

背完这两句,他用右手食指和中指交替着敲着脑门,思索起来。大家忧心他的意识中断的毛病重犯,虽然急切地想听下文,却谁也没有催他。这时他笑了笑,接着背下去:

> 天宇沈寥无鹤舞,霜江寒冷有鱼眠。
> 何当妙手鼓清曲,快雨飚风如怒泉。

听罢,大家赞赏地点点头,继续听他背第二首:

> 奏乐终思陈九变,教人长望董双成。
> 敢夸奇响同焦尾,惟幸冰心比玉莹。
> 词客有灵应识我,文君无目不怜卿。
> 繁丝何似绝言语,惆怅人间万古情。

何其芳背完后,说:"你们解解,顺便帮助查查其中一些典故。"

隔天陈毓罴告诉何其芳说这是自伤诗,还查出了诗中大部分典故。何西来也查出了几个典故,却说这是悼亡诗。他听后却哈哈大笑:"决鸣①还在嘛,我悼什么哟?你们忘记昨天是4月1日。"这时大家恍然大悟,猜中这是他的新作,在愚人节受骗了。接着他还开心地讲:"我昨天同样把这首诗背给汪蔚林,他竟用了一天时间,翻遍了元人的集子,虽然没找到,还说这首诗缠绵悱恻,是玉溪生体中的好诗呢!"

这是"戏效"诗的由来。原诗载《何其芳文集》第一卷最后一首:"锦瑟(二首)——戏效玉溪生体"。细心的读者可见成诗日期是3月30日,即愚人节的前一天。这首诗景、声、情并茂,感人至深,也是他生前最后的一首诗,"繁丝何似绝言语,惆怅人间万古情",似在向人们诀别。

1986年10月,何其芳的故乡万县召开纪念他的学术讨论会,我在会上发言时谈及"锦瑟"这首诗。会后我去征求一同参会的朱寨对我发言的评价。"八十五分,但有发表的价值。"他回答。"八十五分的作文还能发表?"我问道。朱寨说:"值得推介的是他的治所精神。他无时无刻不在带领他的团队进军文艺阵地,随时随地都在练兵,平日注意熏陶。""我笔拙没那本事,很难把那种气氛刻画出来,词不达意。自己写的东西自己都不爱看,谁还给你发表?"我毫无信心。"不管在哪发表,把文字变成铅字,取得了社会存在,思想就诞生了。"朱寨告诉我,何其芳不仅仅是好领导,更是一位好老师。

我深有同感,又想起何其芳曾让学术秘书室组织科研人员参观

---

① 指牟决鸣,其芳同志的夫人。

在中山公园举办的日本当代风景画家东山魁夷的画展,他的风景画中,几乎没有人物点景,这是因为他所描绘的风景,是人们心灵的象征。他是通过自然景色的本身,续写人们的内心世界;何其芳还让大家看浙江婺戏《补锅》,以开阔视野。外所人羡慕地说:"文学所又看画展又看戏,真自在。"只有当事人能理解何其芳的苦心,他是希望通过艺术欣赏,提高研究人员的艺术鉴赏能力和自身素养。

二、航标

文学似海洋,喜欢它的人在其中遨游。文学又似高山,其研究者,要艰苦攀登。马克思说:在科学的道路上,只有不畏艰苦的人才能达到光辉的顶点。

海也好,山也罢,文学研究离不开书。书海无边,书山无路,都离不开导师指引。指引的路灯、航标是书目。文学所的领导在培养年轻研究人才时,注重编辑各类书目,并督导阅读结果。1953年何其芳和一批青年研究人员谈话时,就给他们开列了一个一百本世界文学名著的书目[①]。从印度迦梨陀娑的《沙恭达罗》、泰戈尔的《泰戈尔诗选》、日本夏目漱石的《我是猫》,到俄国的《普希金诗选》、果戈理的《死魂灵》、古希腊的《普罗米修斯》和《阿伽门农》。世界各国文学名著尽在其中。值得注意的是,何其芳不仅

[①] 书目见附录一。

在书目中列出希腊文学戏剧；还把当时默默无闻、专攻冷僻希腊文学的罗念生调入文学所，他是第一位留学希腊的中国留学生。不仅如此，何其芳还安排英语基础很好的人做罗念生的助手，学习希腊文。后来，罗念生被希腊最高学术机构雅典科学院授予"最高文学艺术奖"，并被希腊帕恩特奥斯政治和科技大学授予"荣誉博士"。

唐弢给他的研究生讲文章做法，提了一个文章做法精读书目[①]：《古诗十九首》《报任少卿书》《前出师表》《典论论文》《文心雕龙神思》《嵇康集·与山巨源绝交书》《归田园居》《将进酒》《哀江头》《师说》《书愤》等。谈起这些篇目，唐弢说："这些篇目大家肯定都读过，现在是从学写文章的角度来精读。钱锺书《宋诗选注》不但选了陆游的《书愤》，在序言中还详细做了分析，那是研究论文，可以从中学习研究论文的写法。"

在文学所创建初期，郑振铎指定王伯祥选注《史记选》、余冠英选注《三曹诗选》、钱锺书选注《宋诗选注》——出版时钱锺书坚持加了一个"注"字。这些选注在学术界都有很高的评价。

文学研究所与中国人民大学合办的文学研究班，虽然学员都至少是大学毕业的水平，但是为了日后的研究工作，班主任何其芳提出了两个重要措施以夯实学员的文学基础：开列自学必读书目三百种[②]，以及聘请专家讲课指导。

自学必读书目三百种，由所内各专业研究室提出必读书目，交

---

① 书目见附录二。
② 这一书目到20世纪80年代又进一步扩展为附录三所列书目。

由何其芳审定。它包括古今中外门类齐全的世界文学经典名著，确实是文学研究工作者一份有价值的参考书目，对普通作家读者也很有用。如《茨威格小说选》中的篇章，被认为是文学创作者的必读作品，他在《一个女人的二十四小时》中对C夫人的心理、赌徒赌博时的细微动作所进行的刻画，可谓淋漓尽致。俄国作家莱蒙托夫的《当代英雄》中的主人公，在枯寂的要塞里遐想，仍给读者一种阅读的享受。美国作家马克·吐温的《哈克贝利·费恩历险记》中的密西西比河不仅是书中故事发生的地点，同时还是一个鲜活的角色，是一种时时刻刻存在的力量。这河流蜿蜒曲折，像一支奏鸣曲，贯穿整个故事的悲欢离合。

这些书目，让青年研究人员少走了很多弯路，节省了许多因摸索而耗费的时间，为文学研究所后来的发展打下了坚实的基础。

我在文学所学术秘书室工作三十余年，起初办公室就在何其芳所长隔壁，后来工作在一个办公室，耳濡目染感受很多。他对所内研究人员付出的心血，不亚于他对儿女的付出。用"以所为家"来形容何其芳，丝毫没有一点夸张。今年是他逝世四十周年，谨以此文致念。

（载《中华读书报》2017年8月9日）

何其芳：书与纸的幸运

书，记录人的思想，传递人的感情，记载人类的智慧。人们都喜欢书。专家学者爱书尤甚，但他们的书房却各不相同。散文家唐弢先生因藏书太多，由上海调到北京时，住房成了问题，后来只好住进了一个小四合院。过目不忘、博学强识、学贯中西的著名学者钱锺书先生的家里藏书却不多，代替书房的只有几大铁皮箱的中外文读书笔记。文学史研究家、"新红学"家吴世昌先生的书房，进门就像进了图书馆的藏书室一样，全是对摆对开的书架。著名作家、"红学"家俞平伯先生的书房因遭遇"文革"而存书不多。文学史家、《史记选》选编者王伯祥先生，在建所之初，就把个人的藏书近两万册捐献给文学所，自己的书房所剩无几。

何其芳先生爱书成癖，他的书房是名副其实的"书"房，四壁贴墙放满了书柜、书橱和书架。里面放的书都是双层，为的是节省空间。书房窗前放了一个大写字台，那是他读书写书的地方。一坐在写字台前，他就会全神贯注连续读写三四个小时。用他自己的诗概括就是"喜看图书陈四壁,早知粪土古诸侯"(《偶成》)。

淘书、逛书店是何其芳的一大爱好,在书店遇到有好书他就会买下来。何其芳的藏书质量很高,有时,书的价格昂贵,而作为文学研究工作确实又有需要,何其芳就建议所图书馆购买。到1964年,文学所图书馆藏书已达二十四万册,其中善本书近三千种两万多册,孤本有三十种以上。宋代

何其芳在家中

刊本、明清小说和清代诗文集成为馆藏的三大支柱。新中国成立前出版的图书也是所图书馆收藏的主要文献,其中就有周作人著作的早期版本和俞平伯在20世纪20年代的著作。从建所开始何其芳就非常重视图书资料的积累和收藏,并制定了"为科研服务"的办馆方针和"以专为主,精中求全"的发展方向。人们参观文学所图书馆时,莫不对其藏书数量之大、内容之丰富、时间之久远而赞叹不已。当年负责图书馆工作的汪蔚林曾经深情地说:"这有其芳同志的功劳。"

对何其芳来说,读书是一种享受。当有人称赞他阅读迅速时,他谦虚地说:"我不算快,称得上快的还是数胡乔木同志,那才是

一目十行呢。我亲自见的，很厚的一摞稿子，他用十分钟就看完了，那真是快！"何其芳看书随看随记，在段落和行间的空白处做了大量的批注。这些批注多有独到见解，反映出何其芳治学态度的严谨和学识的渊博。有一些书的批注，对研究原书，作者以及何其芳本人都有参考价值。特别是一些中外文学名著中的批注，摘抄后稍加整理就可以编一本不薄的"何其芳批注集"。

"书有自己的命运"，但是到了何其芳的手里，那就是幸运了。书旧了就包个书皮再读，书破了就请所内图书馆的专职装订工、修补工代为裱糊修补。何其芳爱读书，所以他对书就有这样一种特殊的感情。

可能是一生做文字工作，何其芳对纸也有特殊的感情，总是十分珍惜，可以说是"惜纸如金"。这主要还是由于他在延安度过了那些艰苦的岁月，当时条件困难，纸张奇缺，这些经常写文章的同志，对纸张的需求就显得分外迫切。所内的老同志都有写小字的习惯，大多是在延安鲁艺学习时养成的。因为字小行密，可以省纸。

稿纸很少用单面，初稿用的纸誊清后，下次写稿时反面还可以用。我亲眼见过沙汀写论文提纲时，就是在用过的旧稿纸的空白处草拟的。信封也很少用一次，特别是所内同事或老朋友之间，写信用旧信封来装，拆开反过来糊一下再用的太多了。我无意间保存了何其芳先生给我的一个"短信"，因为我对俞平伯先生的字迹非常熟悉，认出这是用俞先生给他写信的信封。大信封就更可贵了，何其芳所有文稿的分类、装存，几乎全是用别人给他寄送文稿和赠阅期刊的大信封。他把正面的文字画掉，用反面写上内装材料的类别，如《论阿Q》有关的卡片、草稿及校样，就是装在一个破烂不堪的大信封内。

何其芳付印的稿件非常清楚，而且纸张比较讲究，多是白色素纸。他认为，无格无行的白纸写起来舒畅，不受约束。直到他逝世后，书箱内还平平整整地放了半箱用来拟稿的三十六开白纸，其中一部分记录着他一直准备写的长篇小说的开头几章，另一部分是他为写这部长篇小说准备的稿纸。

人们经常谈论"何其芳精神"。我想，何其芳对书、纸的感情和态度，或许也能反映他内在的一种精神素质吧。

（载《中国社会科学报》2013年11月22日）

大泽名山空如梦　薄衣菲食为收书
——何其芳藏书介绍

何其芳同志生平衣着简朴，唯一嗜好是藏书。他爱书成癖，为收书耗费了他大半生的心血。每逢出差外地，总要遍访当地书店，如有所得，量少即现购带回，量多就留下地址请书店代寄。北京东城灯市口的中国书店，他是老主顾，经常去转转看看，遇到有好书又没带足钱，就靠书店人熟，嘱留存待购。而书店老主顾又绝不仅只他一人。一次，他路遇常任侠同志，见面劈头第一句话就指责："你怎么把我要的书给买去了？！""你还把我要的书给买去了呢！"常任侠同志毫不示弱地反击，说完两人相视大笑。

1977年7月，何其芳同志赍志而殁。遵循他生前所有藏书不要分散的遗愿，现在全部藏书收藏在北京广播学院图书馆。

一个雪后初晴的早晨，我到北京广播学院图书馆"何其芳藏书阅览室"访书。

图书馆环境优雅清静，门前还有数丛翠竹，屋前房后不见阳光的地面上，还铺着薄薄一层未消的积雪。图书馆的同志热情地接待了我，在详细地介绍了藏书整理情况之后，还领我看了部分藏书。全部藏书共三万余册。其中线装书最多，有两万余册；平装书七千余册；外文书达两千册；政治、哲学、历史书籍达三千余册；自然科学书籍近千册。这连屋充栋的书，他生前是没有空闲全部详细分类整理的。广播学院收书后，仅中文书部分，三个人花了三年的时间才清理编目就绪。外文书除纯文艺性的书编目完成外，其他英文书较多还在编目中。

其芳同志收书质量高，有许多市上不易得的珍本。明汲古阁宋版翻雕《剑南诗稿》，清曾衍东的《小豆棚》（光绪六年1880年版本），存一部一函六册全套，清夏敬渠的《野叟曝言》，都是珍本。明末清初手抄本《入壳集》，他读后用朱笔做了批注。清刘青芝的《续锦机》（乾隆十三年1748年版本）价值很高，是全北京唯一的一本。清查慎行（悔余）纂的《人海记》（抄本）一函两册，玉雨堂印，书后有他用朱笔写的考证：

陈乃乾《室名索引》三十五页：玉雨堂为清仁和韩泰华室名。

杨立诚、金步瀛《中国藏书家考略》百四十页：韩文绮，字蔚林，号三樵，清仁和人，乾隆年解元，癸丑捷南宫，曾为山左安察使、右副都御史，好聚书，筑玉雨堂以储之；韩泰华，字小亭，乃其孙也。

叶昌炽《藏书纪事诗》卷四第十九页："韩泰华、浙江仁和人，官潼关道，晚年侨居金陵，筑玉雨堂，藏书甚富。"《中国人名大辞典》一百零一页有韩泰华，文字与藏书记事略同，仅增道光时官潼关道而已。此说与藏书家考略异，未知孰是。此书中国书店检出，书套虫蛀甚多。雨窗社藏书印考证，亦可谓旧抄本矣。

一九五六年八月二十九日偶记

翻阅这些藏书，除了这类详尽的考证以外，最吸引我的是其中大量的批注：这些读后心得、内容概要、校点、注疏、夹注和评语，散布在中文、外文、线装、平装书的天地、段落和行间空白处。同一本书中，批注字迹的大小、墨迹色泽深浅不一，可以辨明该书不止读了一遍。这些批注多有独到见解，反映出批注者治学态度的严谨和学识的渊博。一些书的批注，对研究原书和作者及批注者本人，都有参考价值。特别是一些中外文学名著中的批注，摘抄后稍加整理就可以编一本不薄的《何其芳批注集》。其中将包括中国古典文学、现当代文学，苏、英、法、美、丹麦等外国文学作品的简短评价和评介，内容将是异常丰富多彩的。因为时间关系，不能详细翻阅、摘抄，下面仅摘几段对几位著名的俄国作家的批注，以见一斑。"没有比平庸的生活更使人感到闷气的了"，这是他1954年5月29日读屠格涅夫《两个朋友》后的感叹。

同一作者的《春潮》中，有这样的批注：

此书记得一九三〇年左右读过，此次重读，仍甚感人。吉玛等的单纯、善良、可爱，令人欣慰，而小说的后果却令人读之不快。问题不在于语言较好，而在过去的作者喜欢写一些使人不快活的故事，当时或许是某种现实东西的反映，但今日读者却不喜欢读这一类故事了。（一九五九年三月二十八日）

《烟》简评是：

此书记浔还是在做学生的时候读过，情节已忘却。当时未注意其恋爱情节以外的政治思想内容。此次重读，似觉浔恋爱情节过于突出，表现作者政治思想的一些人物不过成了不够鲜明的背景而已。主要故事情节还写浔吸引人，一直使读者不能完全料到主要故事的结局，而结局又自然而且合理，这是一个值浔学习的优点。（一九五九年国庆节后一日记）

《前夜》中批：

第一次读此书，已不记为何时了。

唯一九四〇年在延安曾读此书一遍，记起来尚如昨日事。解放后又曾读一遍，未记其年月日，除书中男女主人公外，其他人物与情节均已忘却。此次重读，在阅读杜勃罗留波夫《真正的白天什么时候到来？》后，杜勃罗留波夫的评论符合此书实际，唯说明俄国当时何以不能出现英沙罗夫，不甚明确而已。屠格涅夫小说优美单纯，无多余笔墨，这是它的耐人寻味之处。但内容较单薄，亦为一弱点。宁谓与抒情诗更接近，而非史诗式小说也。（一九六〇年二月二十四日夜读毕）

冈察洛夫的《平凡的故事》中有：

前半部书写得相当有吸引力。《奥勃洛摩夫》的作者应该是有才能的。揭露了封建贵族的浪漫主义的庸俗，对资产阶级的实际主义也有所批评。但后半部写得不好，似很不相称。不但描写简略，无生活气息，而且还有些概念化。好像是为了揭露主人公相信爱情的永恒的虚伪性而编造后面一些情节似的，不是写得近情近理，不是生活的逻辑的必然发展。这个主人公似也有奥勃洛摩夫的气质，但结果却是不大相同，他适应了环境，改变了。（一九六六年二月记）

普希金的《欧根·奥涅金》他几乎是逐章都有简评：

奥涅金的忧郁病和 Child Horold 一样。第五章一至二十一节，写达吉雅娜占卜和做梦都写得不错，三十到四十五节写奥涅金跳舞也写得很好。第六章，连斯基和奥涅金决斗，全章都写得不错。

普希金也说自己快满三十岁了！

第七章写达吉雅娜到奥涅金家里去的一部分也写得相当动人。达吉雅娜可贵之处：愿以豪华的生活去换取一些真正可贵的生活。

第八章写达吉雅娜已经嫁给一个公爵，奥涅金又见着了她，并向她求爱，她拒绝了他。最后写达吉雅娜的地方也隐约理想可爱，不错。

普希金在此诗里称赞女人的脚，亦一怪事。

达吉雅娜是一个彻底的俄国人。

普希金的朋友也很称赞最后一章，说："这不仅仅是诗歌，这里是心，这里是灵魂。"

在《杜勃罗留波夫选集》中批注：

> 杜勃罗留波夫的生活有它自己的逻辑，这种逻辑说不定比通常所说的那种逻辑更好。作品的内在的意义，有时作者是不自觉的。

这仅仅是藏书中俄国文学作品中的一小部分。其他古代文学，现代文学作品中的批注，亦比比皆是。

藏书上都盖有何其芳同志的"无计为欢室"字样的藏书章。牟决鸣同志对它的解释是：其芳同志大半生从事文学事业。平日除工作、读书、写作外，无暇顾及其他游乐，用全部精力从事文学研究工作，他生前曾自负地说："我的这些书，供文学研究工作者用，是足够了。"现存一些名家珍本的藏书扉页上，于前人的藏书章后面，也并排端正清晰地盖着"无计为欢室"的藏书章，鲜红的印章，恰似藏书者心血的烙印。

何其芳同志晚年曾有《自嘲》诗一首，为：

> 慷慨悲歌对酒初，少年豪气渐消除。旧朋老去半为鬼，安步归来可当车。大泽名山空入梦，薄衣菲食为收书……

愿以此文为最后两句诗的注解。

（载《收藏》2009年第11期）

何其芳与一把名扇

何其芳1929年以《画梦录》获《大公报》文艺奖,此后,他即开始文字生涯,相继发表诗歌、散文。俞平伯当时已是著名诗人、散文家、红学家,并在北京大学任教。正在北大哲学系就读的何其芳听过他的课,因此二人有师生之谊。

1952年何其芳受命筹建文学研究所时,俞平伯是未正式建所之前即调入的老研究员之一。三十余年,何其芳始终敬佩俞平伯的才学,两人师生之情未变。

1964年一个炎热的下午,一贯不以私事麻烦大家的何其芳,却例外地为了一把纸折扇求人帮忙寻找。我们找遍了会议室、办公室、楼道及那天他所到之处,却一无所获。"没找到扇子",大家只能如实相告。从接电话的声音中,我感到他的失望、沮丧还带着惋惜。

然而,"踏破铁鞋无觅处,得来全不费工夫"。不久,文学所进行大扫除,人们在整理沙发垫时发现了这把何其芳久寻不见的扇子。原来何其芳体胖，开会时扇完扇子顺手就放在沙发靠背处。坐时沙发陷下去，起身时沙发弹起来，原放在缝隙间的扇子就随着落入沙发靠背的缝隙中，难怪谁也找不到。这样兴师动众地找的一把扇子，自然引起大家的好奇，争相围观，看后大家才明白，这是一把名扇啊。扇子长尺余，是一把檀香扇，打开后香气扑鼻。扇面是知名画家傅抱石的山水画《云山树》，落款是："其芳同志惠正，一九六二年五月寄自南京，抱石记。"扇子的背面是俞平伯手录宋代词人姜夔诗《除夜自石湖归苕溪》。姜夔（1155—1221）字尧章，自号白石道人，饶州鄱阳人。有《白石道人诗集》，是宋代一位词人但也很有诗名。《除夜自石湖归苕溪》原诗十首，俞平伯为何其芳写扇面选用了姜夔诗中的六首。

张中行曾赞赏俞平伯的字写得好："肉娟秀而骨刚劲，大似姜白石。"在扇面上，俞平伯不仅字像姜白石，干脆连姜白石的诗也录上了：

　　细草穿沙雪半销，
　　吴宫烟冷水迢迢。
　　梅花竹裏无人见，
　　一夜吹香过石桥。

　　黄帽傳呼睡不成，
　　投篙细细激流冰。
　　分明舊泊江南岸，

舟尾春风飏客燈。

千门列炬散林鸦，
儿女相思未到家。
應是不眠非守岁，
小窗春色入燈花。

沙尾风回一棹寒，
椒花今日不登盘。
百年草草都如此，
自琢春词剪烛看。

笠澤茫茫雁影微，
玉峰重叠護雲衣。
长橋寂寞春寒夜，
只有詩人一舸歸。

環玦随波冷未销，
古苔留雪卧廇腰。
谁家玉笛吹春怨，
看见鹅黄上柳条。

落款为：

其芳先生属书　平伯録白石道人句

此扇：名画、名诗、名字，确是扇中精品，难怪何其芳如此珍惜。多年后，我陪同何其芳夫人牟决鸣到俞平伯家，邀请他参加何其芳逝世十周年学术讲座会。其间与牟决鸣谈及此事此扇，她说此扇已妥善保存。

（载《中国社会科学报》2017 年 8 月 11 日）

"何其芳，你的名字是一个问号"

何其芳一生多次受到毛泽东的接见，每次都给他留下终生难以泯灭的印象。

1948年12月，毛泽东在西柏坡中央机关大厅见到了笔直站立着的何其芳，他用右手在空中画了一个大问号，同时饶有风趣地说："何其芳，你的名字是一个问号。"

那时，何其芳刚从河北平山老区土改回来，身穿用槐花籽染的浅黄色棉军装，比1938年第一次见到毛泽东时瘦了很多，站在大镜子面前，可能连自己都不认识了。然而毛泽东却认得他，毫不迟疑地叫出了他的名字。

新中国成立后，何其芳任中国科学院文学研究所所长。1959年，毛泽东交给文学研究所一个任务：从古代笔记小说中选出一些前人不怕鬼的故事编纂成册，由何其芳作序，并交人民文学出版社出版。

这本仅有几万字的小书本"含金量"颇高，由知名古典文学专家余冠英、陈友琴注释。书尚未出版，《人民日报》先选登了《宋定伯捉鬼》（出自晋人所作《列异传》，陈友琴注）、《妖术》（出自清代蒲松龄的《聊斋志异》卷一，余冠英注）和《鬼避姜三莽》（出自清代纪昀所著《阅微草堂笔记》，余冠英注）三篇。

《不怕鬼的故事》编成后，何其芳附上他写的序文送交毛泽东审阅。毛泽东十分重视这本书，对序文再三修改，而且增加了一些重要的段落。为了修改序文，毛泽东曾两次在卧室接见何其芳。

1961年1月4日，毛泽东见到何其芳时说："你比在延安的时候，书生气好像少了一些。"然后，他谈到对序文的意见："除了战略上的藐视，还要讲战术上的重视。对具体的鬼，对一个一个的鬼，要具体分析，要讲究战术，要重视。不然，就打不败它……你可以再写几百字，就写战术上的重视。"

何其芳听后，觉得自己写得比较片面，只从"不怕"二字上做文章，只讲战略上藐视，却忽视了战术上重视。

这次见面，两人还谈到了逻辑学。毛泽东说："逻辑就是管写文章前后不矛盾。至于大前提正确与否，那是各种学科的问题。天文、地理、自然科学、社会科学，等等。逻辑哪能管那样多。"

1月23日下午，毛泽东又约见何其芳，谈他修改后的序文。毛泽东说，他在序文中改了几处，又增加了一段。在这次谈话中，他们还讨论了美学问题。

在誊写毛泽东修改过的段落时，何其芳发现有几处是使文章生动活泼起来的神来之笔。比如，有一处加一长句："难道我们越怕鬼，鬼就越喜欢我们，发出慈悲心，不害我们，而我们的事业就会忽然变得顺利起来，一切光昌流丽，春暖花开了吗？"何其芳抄到"光昌流丽"四个字时，觉得非常精彩，但没见前人这样用过，自己也不太明白"昌"字在这里该如何解释，就打电话询问俞平伯。俞平伯告诉他，"昌"字在这里作"大"字解。

何其芳此举可谓举轻若重，彰显了他对俞平伯文学素养的一贯钦慕与信赖。1952年文学所正在筹建时，他就先调俞平伯入所，校点《红楼梦八十回校本》。他还与郑振铎一起为俞平伯提供了许多宝贵资料，更从北大中文系挑选高才生王佩璋作为助手协助俞平伯的工作。除了自己虚心求教外，何其芳还向所内的青年学者介绍俞平伯在中国现代诗歌、散文、《红楼梦》研究方面的贡献，他评价俞平伯的艺术感受能力和鉴赏能力为常人所难及。此外，何其芳还推荐俞平伯去中央高级党校讲授古典文学，安排他担任苏联高级进修人员的教师，以尽用其才。即使在全国批判俞平伯的《红楼梦研究》时，何其芳也主动找到他，与他彻夜长谈，了解他的情绪，征求他的意见。每当遇到难点，何其芳便请教俞平伯以解惑。

抄到序文最后的署名时，何其芳没把毛泽东在他名字前面加上的"文学研究所所长"这个官衔抄上。何其芳历来主张，所内研究人员发表论文，个人署名前不冠所名或职务名称，这便于不同学术观点的争鸣。他认为科研成果面前人人平等，不能以势压人，而文学所集体合作的大型课题，各个章节的执笔人文责自负。这篇不同凡响的序文当然也不例外，何其芳觉得自己不能破坏自己订立的规矩。

"文革"开始后，何其芳受到拳打脚踢式的批斗，被罚跪、扫厕所，历经磨难。"解放"何其芳时，上级领导找他谈话，让他保证对"文革"中批斗他的群众不打击报复。何其芳当时就说："这点我不同意，我不能克服我不存在的缺点。我对提我意见的人，从来没有打击报复过，从前没有过，今后更不会有。谈不上'保证'。"在《创意集》序里，何其芳这样写道："一个忠实于自己的人，应当最知道他自己。"他用自己的行动，证实了自己说过的话。

何其芳天性率真，为人为文均极为坦诚。我和他在同一办公室工作多年，耳闻目睹其人其事，受益良多，奈笔拙力微，难以叙述于万一，值何其芳诞辰百年之际，以此小文聊表怀念之情。

（载《中国社会科学报》2012 年 5 月 25 日）

毛泽东与《不怕鬼的故事》

《不怕鬼的故事》是一本从历代笔记小说中选编的文学故事集。1961年由人民文学出版社出版,曾发给当时的中央委员每人一册,并列为同年整风中的干部读物。这本仅有五万余字的小书,之所以受到如此地重视,与毛泽东对这本书的直接倡导和关注有关。

在1959年文学研究所的年度计划中,有编辑《不怕鬼的故事》一项,由古代文学研究室研究员陈友琴承担。与众多的研究专著和重大课题相比,这本小册子并不易引人注目。所内当时只有少数人知道这是毛泽东同志交下来的任务。它是在那个年代,为配合斗争形势的需要(毛泽东同志要求文学研究所年内从古代笔记小说中,选出一些前人不怕鬼的故事,编书成册),作为政治斗争和思想斗争的工具。这本政治性很强的书,由何其芳写序,交人民文学出版社出版。

深知这项课题意义的陈友琴,提前半年完成了编选任务;何其芳附上他写的序言于年底送毛泽东审阅。

毛泽东同志对此书十分重视,曾一再审阅原稿;对序文多处予以再三修改,而且增添了一些重要段落。现出版的序文最后一段:"这本书从1959年春……可能不会那么惊世骇俗了。"共十五行全是出自毛泽东手笔。为修改序文,他于1961年1月4日及23日两次在卧室亲自接见何其芳。全书付印前送审的原件,毛泽东同志用粗大的黑铅笔批示:

何其芳同志:此件看过,就照这样付印。付印前,请送清样给刘、周、邓、周扬、郭沫若五位同志一阅,询问他们是否还有修改的意见。出书的时候,可将序文在《红旗》和《人民日报》上登载。另请着手翻成几种外文,先翻序,后翻书。序的英文稿先翻成,登在《北京周报》上。此书能在二月出书就好,可使目前正在全国进行整风运动的干部们阅读。以上请酌办。

第八页第一、二行有点修改。

毛泽东

一月二十四日

批示中第八页第二行是他第一次审阅时加上的具有深刻的唯物辩证法思想的警句:"事物总是在一定的条件下向着它的对方交换位置,向着它的对方转化的。"这次又在"在一定条件下"后面加上了"通过斗争"四个字。这个重要修改是要说明事物的转化,除了其他条件而外,还有赖于"通过斗争"这样一个条件。

周总理1月26日对送审的书稿是用墨笔字写的批示:

何其芳同志：修改了几个字，请酌。

周恩来

一月二十六日

总理修改的几个字指的是将文中"反而"的"反"字删掉，"但"字后面加上"是"字等等。修改虽不多，但字里行间洋溢着总理批改文件时全神贯注，对文内每个字，每个标点符号都不放过的一丝不苟的负责精神。

不久《红旗》杂志、《人民日报》相继转载了《不怕鬼的故事》序言。编书单位文学研究所也收到了英文版、世界语版的《不怕鬼的故事》的赠书。一时，《不怕鬼的故事》成为引人注目的一本书。

1966年，十年浩劫开始，在那个黑白颠倒、是非混淆的时代，这本原由毛泽东亲自审阅过的小册子，本不该产生什么需要批判的问题。然而，这篇序言在修改过程中的一些小事传出后，即构成了批判的把柄。

问题出在誊写过程中。毛泽东同志修改的地方，有几处使文章生动活泼起来的神来之笔。特别引人注意的是有一处加了一长句："难道我们越怕鬼，鬼就越喜欢我们，发出慈悲心，不害我们，而我们的事业就会忽然变得顺利起来，一切光昌流丽、春暖花开了吗？"何其芳在誊抄到"光昌流丽"四个字时，觉得非常精彩，但没见前人这样用过，为慎重起见，便通过电话询问文学研究所一级研究员俞平伯。得到肯定答复后就继续抄上去。这种常遇到的情况

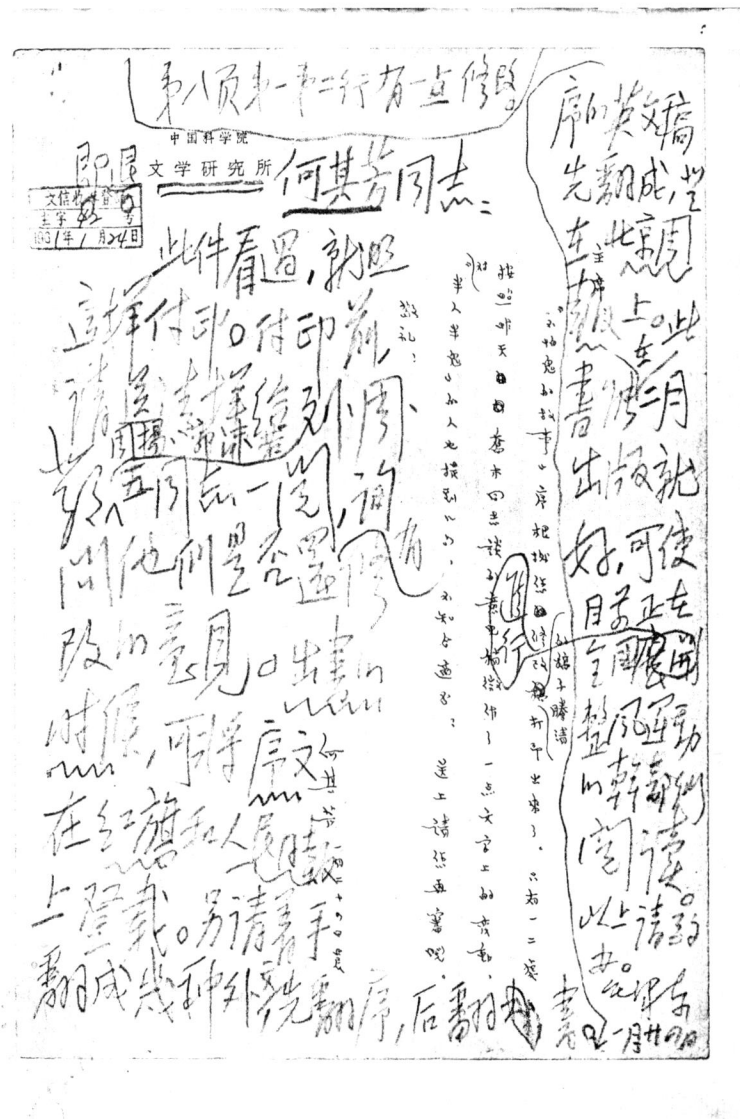

毛泽东对《不怕鬼的故事》送审件的批示（一）

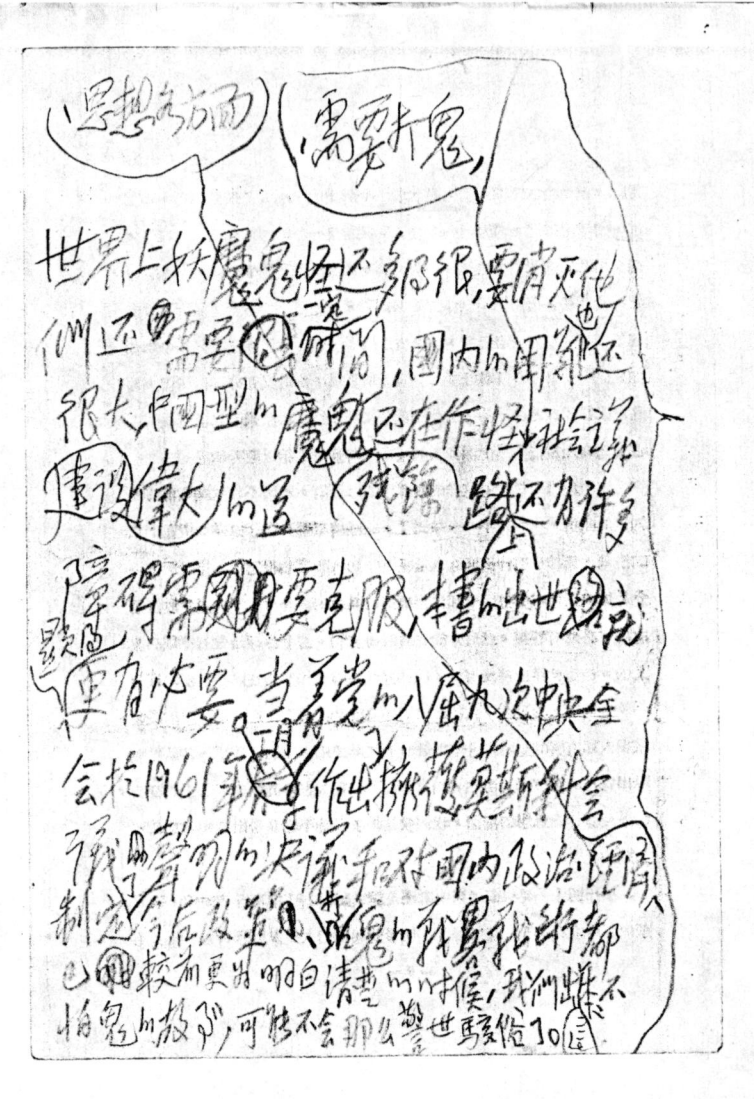

毛泽东对《不怕鬼的故事》送审件的批示（二）

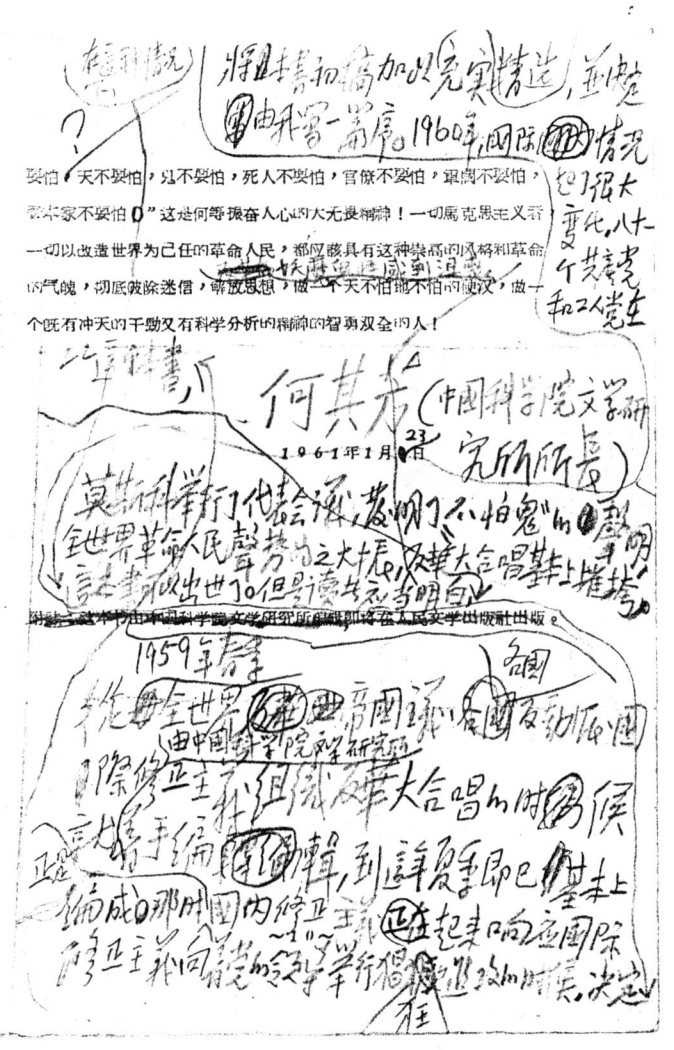

毛泽东对《不怕鬼的故事》送审件的批示（三）

当时就构成了"怀疑伟大领袖毛主席,相信反动学术权威"的"罪行",在一片"打倒"声中遭到长时间严厉的批判。

何其芳历来主张研究人员发表论文,个人署名、文责自负,不冠以所名。这次序文的署名,他没把毛泽东同志在他名字前面加上的"文学研究所所长"这个头衔抄上。为此在批判会上有人质问:

"何其芳!当时你是不是文学研究所所长?"得到何其芳的首肯后质问人又问:

"是所长为什么毛主席写上你删掉?"何无言以对。

"你说!你是不是任意删改主席批示?!"

"还成天讲要实事求是呢!"另一个不屑地接着说。

竟会有这样的后果!无论是批判对象,或积极参与批判的人,都是始料未及的。

"文化大革命"尚未结束,毛泽东同志逝世。粉碎"四人帮"以后,何其芳根据他多次受到毛主席亲自接见时的事实,写成怀念文章《毛泽东之歌》。文中详细地叙及他历次被接见的情景;也回忆起为修改《不怕鬼的故事》序文,毛泽东同志与他谈话时的音容笑貌。并第一次披露了他亲自笔录的主席讲的"各个阶级有各个阶级的美,各个阶级也有共同美"的论点。还谈到主席引用了孟子"口之于味,有同嗜焉"来说明问题。此文公开发表后,又引起了学术界关于"共同美"的争论。

我们现在读到的《不怕鬼的故事》是1978年再版的。当时人民文学出版社为配合教育一代青年,认为该书中所倡导的不畏艰险、勇于斗争、顽强地克服困难的精神，仍然很有教育意义，要求重印此书。根据形势的发展，社会科学院建议对个别字句做了删改，同意出版。这就是我所知道的这本书的命运。

1993 年 12 月 26 日

（载《珠海特区报》1995 年 3 月 30 日）

何其芳与匈牙利汉学家米白

20世纪50年代,中外学术交流已经很频繁了。文学方面的学者,文学所已经接待过苏联的访问学者谢曼诺夫、捷克的汉学家米莲娜,以及匈牙利的中国文学研究者米白。

米白是匈牙利科学院研究员,他的研究项目是20世纪中国现代文学。1959年12月,根据中匈两国科学文化交流规划来中国访问,为他编写《中国现代文学史》做准备。他在匈牙利已翻译出版了老舍的《骆驼祥子》《月牙儿》《黑白李》等。12月2日他访问了老舍,接着就要访问何其芳。文学研究所是规划中的接待单位,所内有外宾接待室,但米白要求家访,何其芳欣然同意,在裱褙胡同36号接待了他。

那天何其芳用四川家乡寄来的茶叶招待米白,应米白的要求带他参观了自己的藏书。他的书房是名副其实的"书"房,别无他物。室内空间除了进出方便的门和采光方便的窗之外,其余的空间全为书所占据。四壁贴墙放满了书架、书橱、书柜,里面放的书全是双层，为的是节省空间。米白惊叹何其芳藏书的丰富，称他是藏书家。何其芳谦虚地说："藏书家不敢当，但作为文学研究工作的需要是可以满足了。"

对这次访问，何其芳是认真充分准备的。他完满地回答了米白提出的关于诗歌的问题后接着说："你让我朗诵的诗我准备了两首，一首是我的新作《听歌》，一首是李白的《蜀道难》。""那太好了，"米白听后兴奋地说，同时从背包内拿出一个小录音机放在桌上，转脸对何其芳说，"我先说几句，就请你接着朗诵。"他手按了一下录音机旁边的一个按钮，高声说："现在请中国著名诗人何其芳朗诵他的诗作《听歌》。"他目光转向何其芳，何其芳点头会意开始朗诵：

我听见了迷人的歌声，
它那样快活，那样年轻，
就像我们年轻的共和国，
在歌唱她的不朽的青春；

就像早晨的金色的阳光
因为快乐而颤抖在水波上，
春天突然回到了园子里，
花朵都带着露珠开放。

它时而唱得那样低咽，

像夜晚的喷泉细声飞射,
圆圆的月亮从天边升起,
微风在轻轻地摇动树叶;

它时而唱得那样高昂,
像与天相接的巨大的波浪,
把我们从陆地上面带走,
带到辽远的蓝色的海洋;

然后又唱得那样温柔,
像少女的眼睛含着忧愁,
和裂土而出的植物一样,
初次的爱情跃动在心头。

呵,它是这样迷人,
这不是音乐,这是生命!
这该不是梦中听见,
而是青春的血液在奔腾!

　　这时,米白突然又按一下录音机的开关,笑着说:"我太幸运了。亲耳听到了诗人自己朗诵他的诗作。现在请你继续朗诵李白的《蜀道难》吧。"这时何其芳的面部表情严肃起来,眼睛高视远方、拉着长调子念:

噫吁嚱，危乎高哉！

蜀道之难，难于上青天！

蚕丛及鱼凫，开国何茫然！

尔来四万八千岁，不与秦塞通人烟。

西当太白有鸟道，可以横绝峨眉巅。

地崩山摧壮士死，然后天梯石栈相勾连。

上有六龙回日之高标，下有冲波逆折之回川。

黄鹤之飞尚不得过，猿猱欲度愁攀缘。

青泥何盘盘，百步九折萦岩峦。

扪参历井仰胁息，以手抚膺坐长叹。

问君西游何时还？畏途巉岩不可攀。

但见悲鸟号古木，雄飞雌从绕林间。

又闻子规啼夜月，愁空山。

蜀道之难，难于上青天，使人听此凋朱颜！

连峰去天不盈尺，枯松倒挂倚绝壁。

飞湍瀑流争喧豗，砯崖转石万壑雷。

其险也如此，嗟尔远道之人，胡为乎来哉！

剑阁峥嵘而崔嵬，一夫当关，万夫莫开。

所守或匪亲，化为狼与豺。

朝避猛虎，夕避长蛇；磨牙吮血，杀人如麻。

锦城虽云乐，不如早还家。

蜀道之难，难于上青天，侧身西望长咨嗟。

米白全神贯注倾听何其芳时而高昂时而低沉的朗诵。我却一边听一边猜想，他这次朗诵，一定是经过演员登台似的预演过，面部的表情、感情对诗景的融入，"蜀道之难，难于上青天"，三次语调的处理都不相同。听这首诗朗诵是欣赏也是一种享受。米白听完双手抱拳作揖又说了一些感激的话，临别前再向何其芳深深地鞠了一躬，表示他的感谢。

六十年过去了，中国、匈牙利和世界都发生了巨大的变化，而米白访问中国诗人何其芳，将在中匈文化交流史上留下有声的一页。

（载《中华读书报》2017年7月12日）

《红楼梦研究》批判中的何其芳与俞平伯

1954年以前，附设在北京大学内的文学研究所，像未名湖一样平静。

一石激起千重浪。一个浓绿深秋的夜晚，一位中共中央办公厅的通讯员匆忙地敲开燕东园何其芳家的门，把1954年10月16日毛泽东《关于〈红楼梦研究〉问题的信》等文件交给他。何其芳当即阅读了那封信和附带的李希凡等人的文章。他注意到文中有三次提到俞平伯的名字。信中说："这个反对在古典文学领域毒害青年三十余年的胡适派资产阶级唯心论的斗争，也许可以展开起来了。"李希凡的文章中讲到贾宝玉这个人物代表当时的资本主义萌芽。毛泽东还在边上加上了一句"这个问题可以研究"。何其芳还注意到在原信的空白纸上还有一句"像俞平伯这样的资产阶级知识分子，我们还是要团结的"。毛泽东列的阅读他原信的几位中央政治局委员外，最后一位是何其芳，他是俞平伯所在单位文学研究所的党员副所长，当时的所长郑振铎是民主人士。

此后极快,社会上开展了对俞平伯《红楼梦研究》的批判。报纸杂志笔伐,文化团体口诛,像台风一样席卷全国。一时以阶级斗争的形式开展的对《红楼梦研究》批判的疾风吹遍全国。俞平伯处在风雨飘摇之中,这位本来只在文艺界知名的学者因此成了家喻户晓、妇孺皆知的人物①,同时人们都在关注俞平伯所在单位文学研究所的动态。

此前,毛泽东曾多次接见过何其芳。有一次,毛泽东接见郭沫若和茅盾,何其芳陪同。毛泽东还向他们二人称赞说:"何其芳同志有个优点,认真。"何其芳领导的文学所批判俞平伯的《红楼梦研究》时,充分印证了这个评语。他宣布所内停止正常的研究工作,全力投入这次批判运动,并亲自组织了六次批判会(1954年11月25—12月17日)自己也撰文《没有批评就不能前进》,其中一次会议邀请了当时北大副校长江隆基,党委书记史梦兰,中文系的杨晦、游国恩、浦江清、吴组缃、林庚等出席,以示重视。

在这六次批判会上,文学、文化界的诸多名家纷纷发表意见。

何其芳首先对有人对文学所迟迟不开会的意见做了解释:一方面是因为所内不少同志参加了作协古典文学部的讨论会;另一方面,这是学术讨论会,对所讨论的问题要有一定的研究,要有阅读材料的准备时间。接着他着重指出:"会议的性质是学术讨论会,在讨论问题的过程中,应提倡说理的态度。尖锐的批评是需要的,

---

① 俞平伯先生在"文革"期间,随社科院"五七"干校下放河南息县东岳镇。住在农家简陋小屋,村民老幼挤向门窗争看,并指着他说:"他就是毛主席批评的那个写《红楼梦》文章的俞平伯。"

但尖锐不等于粗暴。学术问题常常是比较复杂的，必须进行自由讨论。有不同的意见应允许大胆发表。被批评的人也可以进行反批评。有不同意见的少数人可以坚持自己的意见，学术问题不能采取少数服从多数的解决办法，只能服从真理。"

针对当时的情况，讨论会的内容规定了主要的五个问题：

一、《红楼梦》中有无色空观念，如果有，在全书又占据怎样的地位？

二、曹雪芹对他的小说中批判的对象是否"怨而不怒"？

三、《红楼梦》中是否有所谓的"微言大义"的笔法？

四、对《红楼梦》中主要人物应该如何分析？

五、《红楼梦》是否像俞平伯先生所说的那样，很难解释。我们对曹雪芹的思想和《红楼梦》全书的评价应有怎样的认识。

讨论会发言热烈而踊跃。潘家洵认为用"微言大义""怨而不怒"这种特殊的字眼凑在一起来评价《红楼梦》不合适；如果只在"怨""怒"这些字面上死抠是不大能解决问题的。他在长篇发言中列举了《红楼梦》中众多的人物和情节，说明其中是有"怒"的，并不是仅仅破口大骂才是"怒"。

李健吾从《红楼梦》的写作技巧和艺术成就入手，详细分析了《红楼梦》的价值，认为它可以与《战争与和平》相提并论。《红楼梦》的艺术技巧超过了明清小说，后者情节往往很单薄，人物也往往是定型人物，几乎为情节而情节；而《红楼梦》的情节则建立在很深厚的社会基础上，其人物描写、语言的运用和情节相成相长，蔚为一种社会大观。情节不是孤立的概念，而是组织严密的，且在进行中不露痕迹。这是中国小说很大的收获。曹雪芹在小说艺术上的贡献是值得后人感激的。至于"色空"观念,贾宝玉为娶不到与之思想感情一致的林黛玉而出走,这谈不到色空的问题,宝玉就是宁为玉碎不为瓦全。

俞平伯在会上曾多次发言表明自己的态度和观点,对自己的论点做出解释,对误解他的地方,也说明自己的原义。

钱锺书感到俞先生把"色空"二字看得太实了。钱锺书认为做和尚在当时不一定就是最坏的。鲁智深、武松做和尚,也好像可以做得;明代有许多民族英雄人物也做了和尚;对"红楼梦"三个字不要看得太重。莎士比亚在一些戏剧中也有过人生如梦的感慨,但不能说他具有佛家思想。我们应该说像贾家这样的人家,做了许多坏事,结果自然就是坏结局。

余冠英发言中提到俞平伯在人民大学的讲课[1],谈到《红楼梦》中的主要人物"有好有歹,歹中有好",余冠英认为这种说法不妥。此外课上还说宁国公有四个儿子,根据是尤氏的笑话:"一家子生了四个儿子"。余冠英认为这种说法没有什么逻辑,倒使人联想到胡适批评的旧索引派。

会议中间还出现了后来学术批判会上少有的发言之间不同意见的交锋。如毛星在谈自己的观点之外,还对浦江清的发言提出了不同意见。一是"色空"说,他认为浦江清对"因空见色,由色生情,传情入色,至色悟空"十六字的解释,继续发挥了俞先生的错

---

[1] 俞平伯先生在人民大学讲课的题目"《红楼梦》的现实性",讲稿曾发与会人员参考。

误看法，甚至说"色空"有民主成分，这比俞先生更退后了一步。因为俞先生自己还认为"色空"观念在《红楼梦》里是消极的东西。浦江清认为作者主要写"色空"，而且发生的实际作用也是"色空"，如空空道人，后来就真的悟了空了。再者浦先生惋惜《红楼梦简论》写得太简了，毛星则认为显然俞先生的文章不在简，而是存在许多错误观点。如果把"色空"论、"微言大义"说大大发挥，那对读者毒害更大。

力扬则对毛星对《红楼梦》的价值估计提出异议。他认为曹雪芹在他的作品中反映出三种积极的思想，即人们要求自由解放的思想、民主主义精神及人道主义精神。《红楼梦研究》中的情节和人物的命运可以为证。最后他还明确地指出，文学所的讨论还算实事求是，而外边发表的相关文章，有的就不乏简单粗暴等问题。

此时，报刊上已经开始公开发表了胡适与俞平伯有关学术交流的私人信件，有人还揭发俞平伯有垄断材料的行为。社会上"批俞"运动正在热烈地进行中。

毕竟何其芳是最先亲眼见到毛泽东关于批判《红楼梦研究》原信的少数人之一。他知道对俞平伯要团结，他本人对这位五四新文学运动先驱者的深厚文学素养也十分钦佩。1952年筹建文学所时，他抢先调俞先生入文学所，其后种种对待也足以证明。他慎重地对待这次"批俞"运动。会前他派秘书王积贤看望俞先生，会议期间，他又不止一次亲自造访俞先生，做彻夜长谈，了解俞先生当时的想法并征求意见。这些做法使后人得以了解到当时"批俞"运动的一些可贵的真实情况。

在与何其芳的交谈中，俞先生承认自己初期曾受到胡适的影响，自己的烦琐考证给读者很大的影响。但他坚持三点：一、无论如何《红楼梦》是很难解释的。二、无论如何曹雪芹是有色空观念的，并以其开始，以其收尾。三、无论如何有关《红楼梦》的"自传说"是不对的，但如果说带有自传性成分是可以的。

人贵在坚持，学术研究要探明真理，更需要坚持真理的勇气。在当时的气氛中，俞先生的几个"无论如何"，表明了艺术家的勇气和坚持真理的可贵品质。

谈话中，俞先生对一件事有异议："有人说我霸占材料，与事实不符。事实是我曾给北大图书馆写过一封信，指出该馆收藏的某个《红楼梦》抄本有珍贵价值，应作善本对待，不宜随意出借，以防损坏。纯属爱护文物的意愿，希望文学所代为说明。"

此事有个过程：《人民日报》在发表批评俞先生垄断古籍的文章前，曾打电话询问北大图书馆和文学所，是否有垄断古籍一事。这两个单位都说俞先生无此事。北大的八十回《红楼梦》抄本还在北大图书馆善本处，并没有借出。文学所接电话的同志回答，俞先生手头工作用的两种《红楼梦》抄本是郑振铎先生借给他的，并未把公家图书馆的珍本古籍借去。然而《人民日报》一概不听，问清楚情况之后还是发表了那篇污说俞先生垄断古籍的文章。

陆定一在怀仁堂做"百花齐放，百家争鸣"的报告，何其芳参加并收到一份征求意见的铅印稿。其中说"俞平伯政治上是个好人""有些批判他的文章缺乏充分说服力，语调也过分激烈了些"。何其芳借对铅印稿提意见的机会，说明上述实际情况。《百花齐放，百家争鸣》公开发表时又加了一句"至于有人说他垄断古籍，则是无根据的说法"。就此结案。

此案向人们揭示，学术探讨中忌讳不同观点的人对对方人格的不尊重。鲁迅先生对此早有告诫。作为公众传媒的报纸，更不能忽视"新闻的灵魂是真实"这一前提，绝不能为了某种政治目的而推波助澜。

俞平伯当面谈了他对何其芳的《没有批评就不能前进》的看法：文章很全面地谈到他的《红楼梦研究》中的问题，对他是有帮助的。但在两个具体问题上，和《红楼梦研究》的意思不相符合：他只是主张反看《红楼梦》一书的海淫部分，即风月宝鉴宜看反面。目的是不要为这些东西所迷惑，而没有全书都要反看的意思；再者"钗黛合一"说不是他自己提出的，他在《红楼梦研究》一书注释中提到这一点，并曾在发表在香港《大公报》上的《红楼梦随笔》中的第六章"论贾政"中说明他也是主张曹雪芹并未同等对待钗黛这两个人物。

后来有人评说，俞平伯对何其芳的批评是笼统接受具体否定，因为何其芳把俞平伯的原意弄拧了。

日后令人遗憾，甚至感到同情的是，在谈话中何其芳曾婉转提到俞先生与助手王佩璋合作，书成出版，因稿酬分配提成产生意见分歧之事。他认为此事大可不必计较。这引起俞平伯伤心地提到他将《红楼梦辨》稍作修改后以《红楼梦研究》为名重新再版，"一个直接的原因是当时父亲去世，经济窘迫，而书店又来约稿，所以就仓促地做一点修改出版了。如今悔之晚矣"。夜深人静，了解这次批判"端底"的何其芳听后默然。他深知事态不像俞平伯当时自己认为的那样事出偶然,而是事出有因,实为必然。

值得重视的是俞先生对报纸上发表的他与胡适来往通信的文章很有意见:"这样的文章容易引起误解,认为我有政治问题。其实胡适对我思想并没有多大的影响。与其说胡适对我有影响,不如说周作人对我影响更大些。"陪同谈话的当时古典文学研究组组长余冠英先生表示他同意这种看法。

这种涉及学者个人学术思想的真诚自白,"任何高明的批评家也该不战自溃"。"一件作品最真实的记录,任凭外人推敲,揣测,信口雌黄,到头来依然只有作者值得推心置腹"。"这就是为什么我们通常那样欢迎任何的'自白',同时却也格外加了小心去接受。他把他的秘密告诉我们,而且甚于秘密,把一个灵魂冒险的历程披露出来"。[1]这种自白是学者本人多年研究真实的内心感悟,理应受到尊重、重视和关切,可惜的是当时却在那种政治运动式的批判风雨中被忽略、漠视,以致使这次"批俞"运动不仅仅成为学术研究中的错案,也可以说是《红楼梦研究》中的冤案。

(载《新文学史料》2012年第3期《何其芳专辑》)

---

[1] 《答巴金先生的自白》(载《李健吾文学评论选》,宁夏人民出版社,1983年)

俞平伯评职称

——再忆何其芳

何其芳当年在北京大学哲学系读书时，俞平伯已是名诗人、散文家、著名红学家。他在北京大学担任教授，每次讲课座无虚席，听者如云。正在北京大学哲学系就读的何其芳，曾听过俞平伯的诗词欣赏课，二人就此结下师生之谊。

多年后的1952年，何其芳受命筹建文学研究所时，提前调入俞平伯从事《红楼梦》的校勘工作。

1954年，风云突起。俞平伯因《红楼梦研究》受到全国性的批判。接着就是1957年的"反右派"运动，1958年的"拔白旗、插红旗"，1959年的"反右倾"。每次运动无一不涉及何其芳对俞平伯的种种"包庇"。其中反复被提到的就是，被批判的俞平伯为什么仍然被评为一级研究员和被推荐为人大代表这一"错误"。"文化大革命"中，这些"错误"就升级为"罪行"了。

上述的历次运动总以文学研究所所长何其芳的检讨通过做结束。这一份份检讨多年积累起来，有一尺多厚。看到这些同样是耗费心血形成的笔墨文字，令人感慨万千。如用相同的精力和时间，致力于他朝思暮想、难以放弃的百万字长篇小说的创作，恐怕早已完成了。最终却仅仅写了几章。

这些检讨大都在公开会议上宣读过，但有一份只有存底没有上交，也没有在公开会议上宣读过。这就是1966年"文革"中涉及将俞平伯定为一级研究员和推荐为人大代表的"交代"。

俞平伯定为一级研究员是1956年的事。那年1月，中央召开了关于知识分子问题的会议。为了贯彻会议精神，文学所开始评定职称。根据郑振铎、何其芳的意见，拟定并修改了内部定的名单。一级研究员三名：钱锺书、俞平伯、何其芳（何将自己改为二级）；二级研究员九名：孙楷第、余冠英、王伯祥、卞之琳、罗大冈、李健吾、潘家洵、缪朗山、陈涌；三级研究员五名：力扬、杨季康（杨绛）、罗念生、毛星（原定为二级，毛坚持改为三级）、贾芝。

当时充分发扬学术民主，反复调查讨论，大家对钱锺书定一级研究员没有争论，但对评俞平伯为一级研究员却存在不同意见。有人提出俞平伯因《红楼梦研究》刚受到全国性批判，应该评为二级研究员。据陈涌同志回忆，何其芳当时很动情地说："把俞先生评为二级，给我评为一级，我是他的学生，而且都在一个所，老师是二级，学生是一级，这是不行的。"最后，俞平伯被评为一级研究员。何其芳把这结果告诉俞平伯本人，他回答"差不多，差不多"。由此可见，民间流传的所谓"文学所五六十年代高级职称的评定，就何其芳个人一句话，不走组织程序"的说法是不确切的。

文学所经历过五四运动的前辈学者有三位：俞平伯、孙楷第、王伯祥。后两位均被评为二级研究员。钱锺书先生原为二级，此次上升为一级，他将评级情况告知杨绛时说："从此你就永远是三级了。"被他言中，至今杨绛仍为三级研究员。除杨绛之外，王伯祥、孙楷第等前面提到的其他十六位研究员的级别，自1956年评定之后同样再没有变动过。

这次定级也起到了积极作用。60年代初国家经济困难时期，规定对知识分子按月进行营养补贴，分一、二、三等。俞平伯因属一级研究员，享受一级补贴，每月有肉票、油票、鱼票、豆票。一般市民只有半斤肉票、一斤鱼票。布票全民每人每年六尺。

1966年"文革"开始，俞平伯被评为一级研究员的问题旧案重提，何其芳又要检查交代。他根据回忆这样写道：

"俞平伯原来是北大的教授，他调文学所时是七级教授，当时北大凡是七级以上的教授都评成新的工资制度的一级教授。有些八级教授也评成了一级教授，冯至、杨晦、游国恩、朱光潜等，有的原是七级，有的是八级，都评成了一级教授，新的研究人员工资制度和新的大学教学人员工资制度是一样的，只是职务名称不同。文学所当时属于北京大学，俞平伯被评为一级研究人员，是由北京大学统一定的。这是这次工资制度的大改变，是全国范围内的提高知识分子的工资待遇，而当时评级又带有折合性质，所以研究人员评他只根据北大当时的情况提出意见，最后北大校方统一平衡。俞平伯当时如不评为一级，评为二级，就等于降他一级。当时他虽被批判，但按党的政策不应降他的级，因为降级是行政处分。俞平伯顺理成章从旧的七级教授折为新的一级研究员。"

关于俞平伯做人大代表问题，何其芳也在"交代"中做了令人信服的说明。他说：

"俞平伯从第一届就是人大代表，第二届连任这都不是文学所提名的，只有第三届是通过所里先提名的，但名额增加一倍。俞平伯被批判已是许多年前的事了，他曾被批判并未影响他被组织安排为第一届、第二届人大代表，所以这一次，文学所没有把他刷掉。何况第三届人大代表所里提名，也是初步意思，还要经过层层审查的。所里提的有些人，报上去时就审查掉了，但俞平伯没被审查掉，这说明安排他连任代表是组织上的意思。"

摆事实、讲道理，事实总归是事实。原来这份"交代"只是说明实际情况，而不是承认错误。这恐怕就是这份"检查交代"最终未交出的主要原因。

现实生活中，评定职称的"百花齐放"现象应有尽有。我以为这份"检查交代"，值得继承的精神品格有两点：一是无私，参与拟定、评定名单的领导者，何其芳、毛星都坚持要把自己降一级；二是无畏，评定俞平伯为一级研究员，那时虽然有"学术批判不影响个人政治经济生活待遇"的政策，但当时所内外上下阻力是很大的，多年后还反复提及此事，可想而知当年执行的困难。然而何其芳勇敢地坚持了自己的主张，做到了无私无畏。

2012年9月16日于西苑
（载《新文学史料》2013年第1期）

文人相重
——何其芳与俞平伯

1987年,中国社会科学院文学研究所为纪念老所长何其芳逝世十周年,决定编选一本怀念文集《衷心感谢他》。为编选此书,我专访俞平伯向他约稿。那时他已年老体衰,握笔乏力、谢绝宾客年余。当我向他说明来意之后,他却慨然允诺为纪念文集写稿。

《纪念何其芳先生》是他文章的标题。该文最后一段是:

> 他(指何其芳)在晚年,曾研究李义山的"锦瑟"诗,又曾翻译德国海涅的诗。惜他早逝,非常痛惜!为录旧作二首,以志纪念!
> 昔曾共学在郊园①,喜识"文研"创业繁②。
> 晚岁耽吟岭"锦瑟"③,推敲陈迹怕重论。

---

① 郊园,谓清华大学。
② 1953年建立文学研究所,君为副所长,后任为所长。
③ 有拟李义山锦瑟诗二首存集中。

> 习劳终岁豫南居^①,解淂耕耘胜读书。
> 犹记相呼来入苙^②,云低雪野助驱猪。

这两首诗,除没提及1954年错误地对他的《红楼梦研究》进行全国性的批判时,两人的处境和交往外,基本概括了他们半生相处共事与相互倾慕之情。

早在30年代初,何其芳在北京大学哲学系学习时,曾到清华大学听过俞平伯讲课。为此,他一直以学生自居,人前人后均敬称"俞先生"。俞平伯则是1952年何其芳受命筹建文学研究所时,提前把他从北大中文系调入文学研究所才认识何其芳的。

以后几十年的共事期间,正值社会上运动如潮,会议似海的年代。起初《红楼梦研究》批判时,文学所由何其芳领导批判俞平伯。且历次运动中均涉及他们。

直到十年浩劫,两人一同落难。然而他们之间的情谊,不但没有受到影响,反而加深了彼此之间的了解和相互尊重,俞平伯认为何其芳"既是他的领导,又是他从事研究工作中的知己"。对何其芳尊重知识、尊重人才,悉心建所铭记于心。何其芳对俞平伯在学术上的建树十分钦佩;除自己虚心向他求教外,还推荐他到中央党校讲古典文学课、安排他担任苏联高级进修人员的教师以尽用其才。日常曾向所内青年人介绍俞平伯在中国现代诗歌、散文集、

---

① 1970年与君同在河南息县东岳五七干校。
② 孟:"既入其苙。"豕圈也。

《红楼梦》研究方面的贡献,尤其是他的艺术感受能力和鉴赏能力为常人莫及,值得大家学习。俞平伯到文学所的第一项工作是校点的《红楼梦》八十回本。郑振铎与何其芳为他提供了许多宝贵资料,并从北大中文系挑选高才生王佩璋作为助手协助工作。研究工作中尽量给予方便,生活上给予照顾。即使是1954年错误地对俞平伯进行全国性的批判结束不久,全国首次进行研究职称评定;在那样的气氛和压力下,文学所的领导共同力争为他定为当时国内屈指可数的一级研究员。

摧毁人才、否定知识的"文化大革命"中,两人都被关进"牛棚",每天不是挨"批斗"就是写检查交代。1970年他们一起下放河南,何其芳喂猪、俞平伯种菜,两人劳动场地很近,彼此相应照顾。何其芳喂猪很紧张,有时也抽空去看望俞平伯,或帮他间苗浇水。俞平伯也帮何其芳赶猪。怀念诗中"犹记相呼来入苙,云低雪野助驱猪"就是当时真情实景的写照。

从河南"五七"干校回北京后,何其芳携夫人牟决鸣去俞家看望,把他写的诗向俞平伯征求意见。1976年,难熬的"文化大革命"总算结束,"四人帮"成为阶下囚。不到一年何其芳却不幸去世。之后,八十七岁高龄的俞平伯,由孙辈搀扶曾出席何其芳逝世十周年纪念会,使会场上的亲朋故旧激动万分。大家珍惜这次难逢的机会,纷纷前来向他致意问候。场面极为感人。

1990年俞平伯离世。他曾说过:"文心之细,细于牛毛,文事之难,难于累卵。"何其芳曾向青年人介绍,他从事诗歌、散文创作,均以毕生的精力,为攀登文学艺术的高峰,奋力拼搏、历尽难险、磨难备尝、相互理解、甘苦自知。各自都为祖国文化艺术的发展做出了不可磨灭的贡献。这可能就是他们友谊之树常青不为风雨所动的根基。

（载《珠海特区报》1994年9月27日）

俞平伯先生点滴
——回忆对俞平伯先生的一次访问

　　1954年的"《红楼梦研究》批判运动"使本来仅在学术界知名的俞平伯,一变而成为家喻户晓的人物。"文革"期间,他随所属单位文学研究所下放河南息县"五七"干校。他住东岳集的小屋时,门口挤满了当地争看他的老乡。有个小学生模样的孩子,曾指着他说:"他就是毛主席批评的那个写《红楼梦》文章的俞平伯。"

　　"文化大革命"结束之后,文学所决定:用召开从事学术活动周年纪念会议的方式,给一些过去曾受到过迫害和不公平待遇的专家学者平反,落实政策。1986年1月20日,在社科院近代史研究所小礼堂,举行了"庆祝俞平伯先生从事学术活动六十五周年纪念会",北京各界专家学者与会祝贺。社科院院长胡绳在这次会议上讲话,充分肯定俞平伯先生几十年来为发展我国文学创作和古典文学研究所做出的贡献;同时纠正了1954年对俞平伯先生《红楼梦研究》批判的错误。此后不久又召开何其芳逝世十周年纪念会。为

西園裙屐幾回經 荷葉似雲草色專 憶昔偕行忽斷柱 謂三一八烈士朱杰三碑 何期今賦自清亭

一九七八年清華大學葺亭以紀念朱先生為題小詩書應

靖雲仝志存 八零年九月平伯

邀请俞平伯先生参加会议,我和牟决鸣(何其芳夫人)专程到俞先生家访问。

俞先生家的客厅陈设极简朴,仅有几件简单的旧式家具。俞先生穿灰布中式衣裤、着圆口布鞋出来,坐在一紫红色古木方桌前的一把木扶手椅上,我和决鸣分别坐在他的左右两侧。他的女儿坐在他的对面,就这样攀谈起来。

决鸣说明来意之后,并拿出一册下之琳编选的《何其芳译诗稿》赠俞先生。他看后连声说:好!好!

我拿出文学研究所庆祝俞平伯先生从事学术活动六十五周年活动向上级的报告,请他过目。"那次会议连家属二百余人",俞老补充了一句。他的女儿就庆祝会表示了一些意见,俞先生坐在旁边静听。我们谈到文艺界的一些情况,俞老的女儿说,"张贤亮就是很有才华的作家,他去香港就住我家。二十多年的劳改生活,张贤亮通读了马列的有关著作,政治上没问题,对文艺作品中的不同看法,文艺评论批评好了"。我问,有人讲俞平伯是张贤亮的舅舅。俞老说:"要那么说就那么说。反正他在北京就住我家,在香港就住我女儿家。"他女儿还拿出张贤亮在香港一起住时的照片给我们看,说张贤亮又回银川家去了,银川有他的妻子和孩子。

决鸣带去一把素扇,本想请俞先生题字,当被告之先生不写字已经好久了,就没拿出来。归途中我谈到其芳同志一把檀香扇在所内失而复得的趣事。那把扇子一面是傅抱石的画《云山树》,落款是"其芳同志惠正,一九六二年五月寄自南京,抱石记";另一面是俞先生工笔小楷姜白石的诗《除夜自石湖归苕溪》"细草穿沙雪半销……"落款是"平伯录白石道人句",决鸣告我此扇尚在。关于俞平伯因研究《红楼梦》受到批判,为其落实政策而召开庆祝他从事学术活动纪念会的情况,我们仅说了几句感慨的话,但这次访问,却给我留下深刻的印象。

(载《中国社会科学院院报》2004年11月2日)

钱锺书先生的笔名和化名

钱先生（锺书）一生只做学问，视名利权位如过眼烟云。生活工作中此类事例俯拾皆是，随意截取一二可见一斑。周岁"抓周"，抓到书而起名的钱锺书，字默存，号槐聚，曾用笔名中书君，用了一次化名，"邱去耳"，还有一个仅用了一次的笔名，"孙辛禹"。

某晚报以"钱锺书署名"为题的短文中，将孙辛禹这个笔名的"孙"字误写为"郑"，郑辛禹，又被某文摘报转载，一错又错。为避免以讹传讹，就值得说明白。

文学所研究员吴庚舜，当年在研究《长生殿》的论文中，论及唐明皇李隆基这一人物的感情时，否定了时人认为李隆基对杨贵妃感情专一的说法。文章完稿后，送他的指导老师钱锺书审阅。钱先生重点修改有关论点的一部分，并以两种历史事实证明唐明皇对杨贵妃谈不上爱情专一，相反他也是一个好色荒淫君主。他还引用了《金瓶梅》中关于"心上人、心下人"的恋爱观的一段话，将吴的论文题目改为《也论长生殿》发表。论文发表时钱锺书不署名。在吴庚舜的坚持下,他在吴庚舜的名字后面写了一个笔名"孙辛禹"。还笑着对吴解释说:"你是庚,我是辛,你是舜,我是禹。我在你的后面。"钱先生的根据是:天干,甲乙丙丁戊己庚辛壬癸中,辛在庚后;古代圣贤,尧舜禹汤文武,禹在舜后。但钱先生用姓时却用了"赵钱孙李"自己本姓"钱"之后的"孙"字,而不是像小报作者所说百家姓"郑"在"吴"后。虽是一字之差笔名的姓,我想也是不错为好。

  至于化名"邱去耳"有一个小故事。1946年上海警察局长兼警备司令宣铁吾,下令实行"警管区制"。规定警察可以随时进入百姓家。其目的是"防共"又不便明说,就宣称英、美、法、德等国家都通行这制度,这自然引起人们的反感。《周报》就组织了一批从欧美留学归来的名教授,钱锺书、李健吾、乔冠华等人写文章针对这种谎言进行了揭穿。钱锺书用的化名为邱去耳。"邱"字去掉耳朵,就是丘,丘者,兵也。

2016 年 1 月 30 日

欣然于无名劳动

文学研究所老所长何其芳先生曾经说过:"名人的成就中包含了大量无名的劳动。"钱锺书先生就是一例。据我所知,这位世界著名学者不但承担了国家交给他的繁重的任务,还在文学研究所做过许多不为人知、默默无闻的工作。

20世纪50年代初,文学所初建,承担了国家交给的繁重的编写任务,但是图书奇缺,所里向有关领导部门反映请求解决,均未有结果。于是钱锺书先生代所拟函送周恩来总理,如此写道:"国家交给文学所编写各国文学史和编选世界文学名著丛书的繁重任务,原书尚且缺少,更何从编选?所内工作需用的书籍极为短缺,而尤以外文书为甚,限于外汇经费,添补极少。况有些绝版或珍密的书籍,即使有经费也难以购到。"他在信中还反映:"文学所渴望已久的书籍,在现存单位却束之高阁,并没有在学术研究上发挥更大的作用。一方面积压着大量的珍贵财产,一方面作为国家唯一的研究机构,我所却得不到应用书籍,不能很好地进行研究,这是很可惜也是极不合理的现象。如果将这批书刊拨给其他藏书丰富的单位,则是'锦上添花'的重复存储,不如'雪中送炭'拨给我所以应急需。"在信的最后,钱锺书先生还声明,我们打扰总理是因为"曾屡次向有关部门请求没有得到答复,再次整改期间,不知为何仍然十分沉寂,我们实无他法,只有写此信以求解决"。在这封有理、有据、情真意切的近千字的信发出后,促使一批所里急需的图书顺利地调拨给了文学所,解决了所里开展工作的当务之急。此外,钱先生经常为图书馆提供国内外图书出版信息,建议图书采购人员收购,因而文学所日后成为国内藏书丰厚的单位。

国家编译《毛泽东选集》的过程中,钱先生参加了很重要的译审工作。新中国成立十周年的庆典活动,筹备委员会请他参加各种报告发言的文译和口译审定,他早出晚归、辛勤工作达半月之久。"能者多劳",他身体力行。

"文革"后,文学研究所负责主持召开首次国际性的"十年文学学术讨论会"与"鲁迅研究讨论会",由于长期对外处于封闭状态,对外国文学界研究中国文学的知名学者情况不了解,拟定邀请外宾名单成为难题。多亏钱先生提供了详细的名单与建议,使与会者较全面,会议取得了成功。这样详细中肯的建议,也只留存在有关档案的暗箱中不为人知,像上述这些无名的工作,钱先生都是欣然而默默进行的,只有像我这样的普通知情人铭记于心,深感敬佩。

2010 年 5 月

(载《钱锺书先生百年诞辰纪念文集》)

凌汛时节访周扬

冰河解冻，万物复苏。十年浩劫结束，百业待兴。1977年周扬从监狱放出来，暂住万寿路中央组织部招待所，有关领导请他关注一下文学研究所的工作。那时的文学研究所，"文革"燹火已熄，但余烬未除，各派人员之间隔膜未消。有的见面还冷眼以对，话都不讲，更谈不上沟通，复出后的领导之间矛盾也深。文学所的创建人何其芳已于1977年7月去世。时任所总支副书记的唐棣华、罗列同志受命负责恢复文学研究所工作，去向周扬求教。我是随访者。

唐棣华是黄克诚大将的夫人，革命战争年代即与周扬相熟，见面之后，彼此都非常激动，想说的话很多，一时又无从说起。稳定了情绪后，唐棣华先简单介绍了文学所的艰难处境，并关怀地问起他狱中生活。

周扬答应将尽力帮助改善所里同志之间的团结问题。他谈道：多年来文艺界自我封锁，"文革"中江青直接插手，损失惨重，影响文学艺术的健康发展。他山之石，可以攻玉。要开阔作家、评论家、读者和观众的视野，必先解冻一批中外古今文学名著，解放一大批被禁闭的优秀作品、电影、话剧。尽快地让大家多看看，以补充文艺界的营养不足。要有一个开放的文艺政策，国家民族的文学艺术事业才能繁荣昌盛。据此，唐棣华和罗列当即请他批转了一封以文学所的名义申请观摩外国优秀电影的报告，他痛快地照办了。不久北京就形成了看"内部电影"的热潮。我们最先看到的影片是中国台湾的《家在台北》和法国的优秀影片《苔丝》。多年来只能看样板戏和"老三战"的年轻人，看了《魂断蓝桥》《简·爱》《白比姆与黑耳朵》《战争与和平》《安娜·卡列尼娜》《约翰斯特劳斯》等影片后惊呼："原来还有这么好看的电影！"在新时期文学的发轫期，正是周扬的支持，起了打破"禁区"的冲浪作用。

谈起在狱中生活。他感到最难忍受的是精神囚犯待遇。关押期间，和外界隔离，处于封闭状态，整日面对四壁，书报、杂志、带字的纸都见不到。被剥夺了普通公民的知情权，一生做文字工作的他，实在难以忍受。他很羡慕普通囚犯的生活，他们可以放风、可以看报、看家人来信。又想到了契诃夫的小说《打赌》的主人公，多年监禁幽闭，脱离外界俗务，反而有机会阅读大量各种学科经典名著，自由之后，成了各科的通家。他感慨地说，如果长期与外界隔绝，又不能读书看报，当精神囚犯，那是要变成白痴的。

在狱中他领悟到世间最难了解的是人。长期处于领导地位，自认为有一定了解人的能力，经过"文革"，深感自己识人水平之低。无论是从正面或反面，都悟出自己了解人的不深不透，特别是女同志更难了解。有些人的所作所为，实在大出他的意料，就最亲近的妻子来说，认为最了解她了，其实远远不够。现在才知道，她能做勤务员、警卫员、厨师，能做高干夫人，也能做囚犯的老婆，而且能把该做的一切都承担下来。

被人了解也难。一个人如果想被所有的人了解，是一种妄想，甚至被少数人了解也不容易，所以常有"误解""知音难觅""知音恨少"的种种感叹。现在人们为求得别人的了解和需求，花费的时间、精力、付出太多了，倒不如以一个平常心做自己该做的事，减压。

周扬这次讲话给我留下了深刻印象。几十年过去了，他讲话时那种诚恳、从容、淡定的神态，依然常常在我脑际浮现。

2014年4月于西苑

追忆李健吾先生

李健吾先生是现代著名作家、戏剧家、法国文学的研究专家和翻译家，以刘西渭笔名享有盛誉的文学批评家。他出版的小说、戏剧、散文、翻译作品、研究论著等堪称著作等身。

对于他的为人，翻译家汝龙曾赞扬"有一颗黄金般的心"！巴金老人谈起李健吾先生时说"他活着是为了掏一把出来"。这些话可以说是对他的中肯概括。

我和李健吾先生从1956年起在文学研究所工作，"文革"后又做过同楼的邻居，在交往中有许多令人难忘的事情。

记得那是1956年一个秋高气爽的早晨，我第一次登门拜访李健吾先生，是奉文学研究所所长何其芳之命，前去征求他对即将在北大临湖轩召开的《红楼梦》学术研究会的意见，并请他在会上发言。健吾先生慨然允诺。由于先生的随和热情，促使我没有拘束地谈了些别的问题，并向他请教。当时学术界有人认为《三国演义》中的关羽，曾经背叛过刘备，为此对其评价不高。我说，我曾经亲眼见过宝（鸡）成（都）公路两侧，有不少关帝庙，可见老百姓是很敬重关羽的。他听了后，经过一番思索，很认真地说："我们中华民族，有一个很好的传统，人与人之间特别是亲友之间'重情意、讲义气'，关羽在这方面是个典范。综观《三国演义》全书，即可以看出关羽是忠义双全的人物。评价历史人物和当代人物都不能以一时一事论定。在这方面，老百姓有时比专家学者看的还全面。人民这方面的传统心理，也不应否定。""重情意、讲义气"这几个字使我深受启发，当即不由得在本子上匆忙写下。如今本子还在，当我再看到这几个字时，不但唤起我对那段往事的亲切回忆，而且联想多多。

在那乌云蔽日，天昏地暗的"文革"年代，他与巴金、杨绛、钱锺书、汝龙等一些多年知己，在患难中自身难保，却彼此关怀、相互扶持，共渡难关。当时巴老是"不戴帽子的反革命"，工资停发，仅给最低生活费，银行存款被封，报纸上连篇累牍地批判他。李健吾趁着大女儿到上海出差的机会，给巴老带去汝龙的五百元赠款。汝龙后来告诉巴老说是李健吾的主意。后来李健吾的二女儿也出差上海，李健吾又给巴老带去赠款三百元。这种"雪中送炭"的真情，深切感人。

十年浩劫之后，李健吾于1982年出差西安开会，专门看望因脑溢血瘫痪在床的早年清华学友，并为他拍照。谁知西安拍的照片带到成都冲洗时曝光了。他又着急专程赶回西安重拍，担心朋友身体虚弱，怕去晚了赶不上拍了。如今学友和照片仍在，可惜健吾先生竟先于老友离开人世。

上述两事，使我对他当年讲过的我们民族"重情意、讲义气"的话，有了更深刻的体会和理解。

也是在那次拜访中，他还对我谈及他的戏剧创作和研究工作。他说："我写戏是从独幕剧练起的，记得第一个独幕剧是《工人》，我的戏有一个共同的特点，写的都是穷苦人民。这和我个人经历有关。我父亲为辛亥革命辛苦了一辈子，曾参加过孙中山领导的民主主义革命；反对过阎锡山在山西的封建统治，以致被暗杀身亡。寡母带着我们兄弟姐妹，生活十分困苦。《母亲的梦》就是写我守寡的妈妈和一家人困顿的生活的。"至于研究工作，他没有正面谈自己的见解，却讲了一个别人对他的研究的故事：英国一位研究他的人，对他的研究很透彻，发现他创作上受英国作家辛格的影响。他说一个研究工作者，对他的研究对象，除了综合自己的观察、体会，还应该参照世界文学来鉴别作品和作者，从中找到其间隐秘的关系，这是探讨作家创作的一个不可忽视的方面。

我们都知道，他不但是剧作家，同时还是亲自登台的演员。那次访问中，我还好奇地问过他这方面的问题，在国家内忧外患的困苦年代，发表了那么多的著述，是怎样克服生活中的困难，不但写剧本，在阻力障碍和时代观念的偏见下，又是怎样突破羁绊，自己登台演出？

健吾先生说："抗日时期，我家东逃西躲，生活极不安定。自己已有了家庭，又要写东西又要照顾孩子。有时一边脚踏着孩子的摇车，一边看书或写稿，以弥补因家务劳动丢掉的时间，生活和工作确实是异常忙碌和困难。但想到国难当头、事业为重，就什么都能克服了,也不觉得艰苦。"至于观念上的转变,其中有一个人给了他最大的精神支持,这就是郑振铎。

提起郑振铎,他精神焕发,坐不住了,站起来一边走,一边对我说起1941年他们共同创办《文艺复兴》的那段日子,从那年1月创刊号开始连载钱锺书的《围城》,当时誉为新的《儒林外史》。编辑工作之外,还以文会友,常邀请朋友们到郑家便餐。郑妈妈做得一手好菜,在朋友之间享有盛名,加之全家皆热情好客,凝聚了大批文艺界朋友。他谈起往事,春风满面,仿佛又回到了当年。

事隔多年之后,我因将整理的郑振铎先生《最后一次讲话》请健吾先生审定,又有机会拜访他,那是1981年12月21日。这时"四人帮"已被打倒,他一心想把在"文革"中损失的时间夺回来,虽然已近暮年,仍孜孜不倦,伏案工作,竟带病一连写了几出戏,编选出版了《李健吾文学评论选》、《戏剧选》和《独幕剧选》并且谈笑不减当年。

事隔不到一年,1982年11月23日,我再次来到李先生家时,过去与我隔着茶几坐着谈话的那对沙发还在,他和蔼可亲的笑容、诚挚豪爽的笑声仿佛在眼前耳边,可是健吾先生已经仙逝!沙发对面写字台上还放着他写了一半的四川游记的稿纸,纸上放着脱了笔帽的钢笔……见到这些,我强忍的眼泪再也控制不住地流了下来。他去世的那天,仍和往常一样伏案写作。他平常有个习惯,在写作中间有时靠在沙发上静思和休息一下。这次,他又临时坐到沙发上,老伴以为他睡着了,怕他受凉,去给他盖毛毯时才发现他已停止呼吸,抢救已经来不及了。就这样,他伏案工作直至生命的最后一息，没有一声呻吟，没有惊动任何一个人，他静悄悄地告别了他挚爱的亲人和终生挚爱的文学事业。他像熄灭的蜡烛，直到燃尽前一刻还在发光。这是一个寒冷又阴暗的日子，我内心充满了凄凉与悲哀。

健吾先生是老一辈的知名作家。每回想起与先生的交往，他和蔼可亲的笑容，对青年人的谆谆教诲，都洗濯并滋润自己的心灵，令我永远难忘。

（载《中国社会科学院院报》2001年9月4日第4版）

忆毛星同志

2001年12月2日是那年入冬以来最冷的一天。下午3点,我从西苑乘车来到协和医院看望老专家毛星同志。一到医院门前,便觉寒风刺骨,阴沉沉的天压得很低,使我的心也蒙上一层阴影,增加了我心理上的重负和不安。我尽量想使自己见到病人时能够显得轻松些、愉快些,免得增加病人的心理负担。但是走进病房一看见他床边的监护器和鼻上的吸氧罩就很难过,我尽了最大的努力控制自己才没让眼泪流下来。

毛星闭着眼睛躺在床上,他病入膏肓。医院已经向亲属发了"病危"的通知。他夫人贾经琪在床边对毛星说:"你睁睁眼,看谁来了,你认得就闭两下眼。"毛星睁开了他深陷的双眼,看看我,用眼神表示认出了我。我转达了他的《毛星集》将由中国社会科学出版社出版的情况之后,他又用同样的方法表示听懂了我的话,还能伸出手和我握手。此时,我觉得他虽然没有和我交谈,但神志还清醒,我的情绪才逐渐平静下来。

归途中，我闷坐在车上一言不发，想起四十多年来和毛星一起在文学所工作的一些情况。有些事虽然琐碎，却很鲜明，星星点点映照着他闪光的人生历程。

不图"官"名

1954年毛星从东北局调到北京任文学所副所长。他到之后，表示将尽量协助所长郑振铎、副所长何其芳工作，但不要挂副所长的名义。在他担任文学所党的领导小组副组长期间，为所里做了大量的工作。如编写三卷本《中国文学史》时，因大家都是第一次搞集体协作项目，毫无经验可循，难免有些意见分歧，有时还影响了协作者之间的关系和全书的进度。其间，毛星花费了不少精力和时间做细致的说服工作。然而，每次运动毛星都为"不遵照组织的决定担任副所长"而受到批评。有一次，所内因挑选室主任而遭到被选任人的拒绝，我很随便地说："文学所的'官'不稀罕，副所长都有人推诿，研究室主任就更没人愿做了。"事后一个朋友责怪我说："真想拿针线把你的嘴缝上，毛星听了你的话该多难过！"现在想来，我为那次失言深感内疚。特别是在后来理解毛星是一位愿意多做实事而不求名利的人之后。1956年，文学研究所建所后第一次评定业务职称，何其芳、俞平伯、钱锺书评为一级研究员，孙楷第、余冠英、王伯祥、潘家洵、罗大冈、李健吾、蔡仪、毛星评为二级研究员。毛星表示自己业务水平达不到二级，评为三级也高，坚决要求降下来，学术委员会和所领导尊重他的意见，改为三级研究员。

毛星到文学所之前，在延安鲁艺和东北工作时，已经发表过不少研究论文。到所之后三十余年中，他又发表了不少学术论文。由他主编的《中国少数民族文学》全面系统地介绍了我国各民族光华四溢的文学发展的成就，填补了少数民族文学研究的空白，被誉为少数民族文学研究的奠基之作，引起国内外读者极大的关注和好评。我在文学所工作多年，曾以知情者的身份，向院局领导反映过建所时期评定毛星业务职称的情况。凡是了解毛星严格要求自己的品德的同志都赞不绝口。

平易近人

毛星从不隐瞒自己的观点，敢于直言。与别人意见有分歧时，常常争执，敢于坚持自己的意见。有一年冬夜，我在会议室隔壁看书，所领导小组在开会。我听见他和何其芳在会议室就文学所的方针任务是要系统地研究中国文学还是侧重当前文学研究大声争论不休。我忍不住敲了会议室的门，请他们声音小点儿，告诉他们左右工作室的同志们在看书，会议室顿时安静下来。不一会儿，他和何其芳都来对我说："对不起，对不起！忘了大家晚上学习和工作的习惯了。"此后所领导小组的会议就改在何其芳家里的客厅去开。

尽管他争论起问题来面红耳赤、慷慨激昂、四川口音的调门也高，也有些严肃，但和他相处长了之后，由于他不摆老资格、老革命的架子，再加上他谈吐风趣，有幽默感，我对他的疏离感就逐渐消失了。

不倒的毛星

十年浩劫，毛星被批斗。为审查他的历史，外出调查的人，走遍了他工作过的单位，找到了和他一起工作过的同事和亲友，回来说："毛星打不倒了，历史和工作中都没有问题。"一位在文学所专案组工作过的女同志，因为查阅了他的历史材料和作品，认为不但不能给他定有问题的结论，反而因对他有较全面的了解而对他更加崇敬。

生活俭朴

1977年，国家把编制全国十二年文学研究科研规划的重任交给社科院文学所。规划草稿完成后，兵分几路，到华东、华南、东北和西南各高等院校及文艺团体征求意见。我陪沙汀到华东，毛星和罗列到华南。临行前，我知道毛星一向俭朴，不愿多花公款的习惯，就对与他同行的罗列说："这次出差的时间紧、任务重、跑的城市又多，往返途中尽量坐飞机，该住什么宾馆按规定住，不要为了省钱误了时间。"毛星在旁听到说："现在没毛驴，有毛驴我还骑驴呢。"

他们回来交访谈汇报时，我顺便问罗列："路上怎么样？"

"别提了!"罗列回答,"一路坐火车不说,还净住便宜的小宾馆。有次到了某城,住了个按规定可以住的高级宾馆,刚放好东西,服务员就进来了,说这间房省政协委员要住,请你们搬到另一间去,我刚想说'毛星还是全国政协委员呢,还不能住?'却被毛星的眼色制止住了。我们两个乖乖地搬出了那间按规定应住的房间。""怎么!最后还是让人家给请出来了?"我接着他说完,两人相视大笑。

关心他人

1957年反右派运动中,他早年鲁艺的同学某研究员受到批判,他发言时慷慨激昂,非常激动,把该研究员在鲁艺与同学吵架砸破玻璃的琐事也讲了。但当他得知这个同学将被划为右派分子时,就亲自写信给周扬,讲他那位同学自幼参加革命,是党培养的干部,一贯忠于党,这次言行是偶然的、个别的……此事在"文革"中成为他"包庇右派分子"的主要"罪行"。日后,我曾就此事问起过他。"批判从严,处理从宽嘛!"他简单地回答我。他病后,我去看他,他知道我离休后,有时写些小文章和学唱京戏。他曾给我写的"小豆腐块"文章提过修改意见,还从他自己录制的大量京戏各派唱片中,替我转录了一些名段。在每盒磁卡封面上,用他颤抖的字体标明目录。至今,我在学戏时遇到困难想打退堂鼓时,想到亲友对我的支持,看到毛星病中为我录制的磁带,我都能坚持下来!就在我探视他的第三天,2001年12月5日,与病魔顽强斗争两年之后，毛星精疲力竭地离开了他挚爱的文学研究事业，离开了他深深热爱的妻子、儿女和老友，谢世而去。留下丧事从简的遗嘱，还说："我只留下一点书籍，如不到穷得吃不上饭不要卖掉。"还嘱咐孩子们"要相亲相爱相敬，互助互让"。最后说，"我相信你们都能做堂堂正正的人，做正直的人，宁肯清贫，不能阿谀逢迎，不搞歪门邪道，这就是我家家规"。"金无足赤，人无完人"，不能说毛星没有缺点，但是作为一个老党员和文学研究工作者，他做人的品德值得我们怀念和学习。

（载《毛星纪念文集》2004年12月）

日坛路时期文学所记事

1978年,社会科学院为适应工作需要,急需改变研究条件,决定兴建社科大楼。楼基选定文学所所在地建国门内原海军大院六、七、八号楼楼址。文学所须全部腾出,暂时迁入建国门外日坛路六号院内。

俞平伯枕诗记搬迁

日坛路六号原是人民日报社废弃的照片处理房,位于建国门大街和日坛路丁字街路口,坐东朝西,大门对面是国际俱乐部,南边是正在筹建的国际大厦,北边是日坛路的使馆区。使馆区路边垂柳依依,伞状的洋槐遮住了夏日的阳光,平日行人稀少,十分幽静。六号院内除一座二层小楼外,还有西南几处平房和一个大停车库。文学所的工作人员全搬到二层小楼办公,一个研究室一间房,一二十个人挤在里面。午饭靠院部大食堂推车送来,午休就在沙发上或几把椅子拼成的"小床"上小憩,生活很是艰苦,很有点战时打游击的味道。

曾被陈毅副总理誉为"红色资本家"的荣毅仁,是一、二、三、八届人大代表,四、五届人大常委,中国工商联主席,中国国际信托投资公司董事长,时任国际大厦总经理,后当选国家副主席。他风闻堆积如山的三十余万册藏书,在一个月内搬运到了日坛路院内高大的汽车库内,亲赴车库察看。他目睹人们搬书时挥汗如雨的情景,摇头赞叹道:"真是'书山有路勤为径,学海无涯苦作舟'啊!"他念到"书山"和"苦"字时,声音特别洪亮高昂,像文章中字里行间的黑体字,特别引人注意。

所办公楼的搬迁也牵动了所内一些老专家的心绪。当年何其芳先生在干校喂猪,俞平伯先生《纪念何其芳先生》诗有"习劳经岁豫南居,解得耕耘胜读书,犹记相呼来入茔,云低雪野助驱猪"句。这次所址搬迁,俞先生又有"闻文学研究所改建摩天大厦,一九七八年十月十五日晨枕感怀":

都销猪圈牛棚迹,及见云窗雾阁齐。

二十四层天外矗,鹤归华表意全迷。

荒煤重返文坛

主持这次搬迁任务的是陈荒煤。这位"文革"前的文化部副部长,"文革"期间惨遭迫害的老作家、"老延安","解放"后曾经被安排在重庆图书馆抄卡片。何其芳逝世后他奉召回京，以文学所副所长名义，协助时任所长的沙汀同志主持全所工作。

重新走上工作岗位以后，荒煤不顾年老体弱，不计生活条件，也来不及安家，只身住进了日坛路六号院那幢二层小楼东南角的一个小房间，吃住、办公、写文章都在里面，日夜坚守。他亲自指挥监督搬迁，发动组织有劳动能力的同志参加捆书、装车、运书、卸车劳动。一切都是那样井井有条，大家干得很辛苦但却很愉快，让我们充分体会到了这位"老延安"的非同一般的组织能力。

当时全国正处于拨乱反正的关键时刻，文学所作为文学研究战线上一支名副其实的"国家队"，必须以清醒的头脑，克服眼前的一切困难，勇敢地站到时代的潮头，审时度势，及时发出自己洪亮的声音。对此，荒煤不仅有着极为清醒的认识，而且行动果敢。此间，他不仅自己焚膏继晷，废寝忘食地写出了《解放思想，相信群众》《关于两个口号论争问题》《惊雷一声迎新春——看〈于无声处〉后的一点感想》《篇短意深，气象一新》《阿诗玛，你在哪里？》等一系列产生了广泛而又深远影响的论文和散文，还针对当时社会上和文艺界出现的一些尖锐重要的争论，会同有关方面，召开座谈会，呼唤解放思想，揭露批判林彪、"四人帮"罪行及其流毒。

刘心武的小说《班主任》在社会上引起争议。荒煤在他的小办公室以《文学评论》编辑部的名义，召开座谈会。刘心武介绍《班主任》发表后的遭遇：有人指责他的小说是暴露文学。有人甚至威胁他说，不要以为《班主任》现在很轰动，当年《组织部新来的年轻人》不也是很轰动吗？他的《爱情的位置》在广播电台播放后，十天内收到来信竟达一千多封，有的信写得非常动情、十分感人。他认为作家对社会的一切现象不能视而不见、听而不闻。鲁迅说过要"救救孩子"，好的作品不但能挽救孩子，还能挽救国家的命运。

蒋子龙的成名作《机电局长的一天》，因受到一些老作家的赞赏，"反击右倾翻案风"中曾作为大毒草受到批判。四年后另一篇小说《乔厂长上任记》在天津又引起激烈争论、备受压力。荒煤此时却在专为《乔厂长上任记》召开的座谈会上肯定这篇小说，一位天津的文教书记被激怒了，在一次会上说："北京冯牧，还有一个姓陈的叫什么荒煤的人支持蒋子龙……"一时作为笑谈传遍文艺界。

两次会都是在小说发表后受到广大读者热烈欢迎，同时又遭到某些思想僵化者的激烈反对的情况下召开的。通过讨论，不仅使这两篇新时期文学的经典之作得到了充分肯定，批判了极左流毒，表彰了两位青年作家的艺术勇气，而且也为现实主义文学潮流在新时期的蓬勃发展开了先河。

在基建搬迁过程中，文学所还负责筹备组织召开了全国文学学科规划会议。这项工作主要由荒煤、许觉民主持。会议于1979年在昆明翠湖宾馆举行，与会代表近二百人，绝大多数都是刚恢复工作的老专家。会上散发的《全国文学学科科研选题汇编》受到与会者普遍重视，引起热烈讨论。这些讨论对解放思想，实事求是，纠正

"左"的错误，消除作家学者心中的余悸起到了很好的作用。

会议期间荒煤会见了云南省的文艺界著名人士。京剧表演艺术家关肃霜为大会演出的《铁弓缘》受到热烈欢迎。荒煤当即建议文化部有关部门将《铁弓缘》拍成了电影艺术纪录片，使这个艺术精品得以永久保存。曾跟随周总理和陈毅副总理出国访问、受到总理亲切关怀的电影《五朵金花》女主角杨丽坤，"文革"中惨遭迫害，精神失常。荒煤得知此事，异常难过，关照有关部门一定要好好照顾这位备受全国人民喜爱的青年演员。他那篇著名的散文《阿诗玛，你在哪里？》就是为杨丽坤而作的。见到舞蹈艺术家刀美兰，他又语重心长地叮嘱她要注意培养接班人，千万别让她的那些优美绝伦的舞蹈艺术珍品失传……

钱锺书等赞赏函授教学

文学所在日坛路六号大院搬迁忙乱的过程中，除了开展中断多年的研究人员评定学术职称工作、招考研究生和向社会公开招聘研究人员外，还做了件对文学学科人才培养有普及意义的事——办了"中国当代文学函授班"。

函授班每月出函授专刊一期，学制三年。课程设置：马列主义文艺理论、中国当代文学史、文学创作教程、新时期文学、美学基本知识、比较文学介绍、作家论创作等。谢冕、张炯、陈传才等专家都为函授专刊撰稿授课。

文学所全体人员都对函授班非常热心，一些老专家也积极支持，纷纷给函授专刊题词。钱锺书先生的题词特别有意思：

> 函授是"信息"已发展到某一个阶段的标志。比面授或口授进了一步。一切"讲学""讲话"的录音——照本宣读者除外——都表示我们谈讲中掺杂着许多无谓的口头语或废话，不必须的重复和穿插，咳嗽和清理嗓子等等"噪音"还不算。相形之下，函授的讲义不受那些东西的干扰，紧凑干净些。"中国当代文学函授中心"的成立是合时宜、应时需的好事。敬祝教学相长，授受相成。
>
> 钱锺书　八四、八、一

冯牧、吴世昌、蔡仪、余冠英诸先生均为函授专刊题词祝贺鼓励。

沈从文感慨万千

沈从文也住在日坛路六号院内，编制在历史研究所，从事中国古代服饰研究。全国文学学科规划项目到南京征求意见时，有的高等院校对沈从文被冷落有看法。说国外派学者来中国进修"沈从文"，而我们因为自己没有人研究指导而拒绝接受，影响很不好，因而建议在规划项目中增加"沈从文研究"。

沈从文这时曾对一位来采访的女编辑谈及有关"文革"的事。说自己在"文革"中"最大的功劳是扫厕所，特别是女厕所，我打扫得可干净了"。这个女孩子听了感动地拥着老人的肩膀说："沈老,你真是受苦受委屈了!"她举动真诚而自然,但没想到沈老却抱着这位编辑的胳膊号啕大哭起来。他哭得像受了委屈的孩子,就是不停地哭,不说话,鼻涕眼泪满脸都是,所有在场的人都唏嘘难禁。

周扬为"内部电影"开绿灯

周扬复出后任社科院顾问,暂住组织部招待所。负责恢复文学所工作的唐棣华、罗列考虑到周扬对文学所的干部情况很熟悉,前往拜访,请他多关心文学所的工作。同时请他批转了一封给当时代管负责文化工作的王观澜的信,要求王为文学所开放电影局多年查封的内部电影,以利于开展研究工作,获得支持。不久,日坛路六号成了索取内部电影票的一个窗口。多年来只能看样板戏和"老三战"的年轻人,看了《魂断蓝桥》《简·爱》《白比姆与黑耳朵》《战争与和平》《安娜·卡列尼娜》《约翰·斯特劳斯》等影片后惊呼:"原来还有这么好看的电影。"

文学所自1953年建所,所址几经搬迁。初名北京大学文学研究所,创建于北大外文楼,后到哲学楼,划归中国科学院后又迁到中关村哲学南北楼。1957年又由郊区搬到城内原海军大楼。相比之下,因为建楼暂迁到日坛路的这段时间,环境最乱。然而改革开放的大潮涌动,形势逼人,怠慢不得。所领导拟定了搬迁不影响科研工作继续进行的原则,周密计划、有序进行,全所同志衷心拥护、积极参与、同心同德,以把"文革"中失掉的十年时间抢回来的心态,日夜辛劳,出色地完成了各项任务。打开那一时期的报刊,每天都可以看到文学所人写的文章。此情此景,多姿多彩,令人难忘。

2013年3月1日于西苑

（载《新文学史料》2013年第4期）

老舍与匈牙利汉学家米白

为纪念老舍诞辰一百周年,老舍纪念馆于今年2月1日在北京正式开馆。纪念馆位于灯市口丰富胡同老舍故居内。陈列了老舍生前所用的衣物、家具和他各个时期的作品及收藏的书画、资料万余件。这使我回忆起四十年前,这座小四合院发生过的一件往事。

那是1959年12月2日,老舍就在他家住的这座中式小四合院里接待了一位来自东欧的学者——米白。

米白是匈牙利科学院的研究员。他的研究课题是20世纪中国文学,他为准备编写中国现代文学史来中国收集资料。除到各大图书馆查阅资料外,还计划访问一些知名作家。老舍是他访问名单中的第一位。

初冬的早晨,细雨夹着小雪,比较寒冷。老舍身着中式深蓝色罩衫,脚穿中式布鞋,虽然腿脚不便,他还是从客厅到院中来迎接客人。米白见到老舍后异常兴奋,一再深深鞠躬才上前握手。

到客厅刚刚坐定就从书包内掏出他自己翻译并亲笔签名的老舍名作——匈文的《骆驼祥子》、《黑白李》和《月牙儿》,双手奉赠老舍,用标准的北京话高兴地说:"请指教!请指教!"老舍道谢后也找出他刚出版的《女店员》《全家福》签名回赠米白作为留念。

老舍和蔼、关切地询问米白到北京去哪些地方看过,在国内进行过哪些研究工作。米白说:"我计划写《中国现代文学史》,这次来中国就是为写这部书做准备。特别希望能得到您的一张照片,作为这部书中的一幅插图。"他说到"特别"两个字时,音调加重得也有点特别。老舍听后不自觉地微微一笑,找出两张照片送给米白:一张四寸单人正面半身照,一张是老舍和周扬二人的全身合影。背面都有题字署名。

米白愉快地收起照片紧接着问:"我回国后,还打算继续翻译您的作品,您看翻译哪些比较好?"

"我的作品值得翻译的不多。"老舍谦虚地回答。

"那您喜欢自己的哪些作品?"

"《离婚》不错。"

米白一面点头,一面不停地往他的小笔记本上记,"请您谈谈您对当前上演的话剧的看法好吗?"米白看着自己的小笔记本问。

"人民艺术剧院上演的《伊索》不错。语言生动、富于哲理、角色又少;青年艺术剧院上演的《降龙伏虎》也不错。"

米白接着问:"您能谈谈您对自己写的剧本的看法吗?"

"我自己写的戏角色太多,剧院不容易凑那么多人上演,演员水平不齐就容易影响演出效果。"

老舍是养菊名家。谈话结束后,他引着米白到厢房观赏了他种的三百多株正在盛开的菊花。

(载《中国老年报》1999年3月10日)

王瑶先生印象

我最早知道王瑶先生的名字是在1956年批判他的大字报中看到的，留下印象最深的是说他的《中国新文学史稿》是用马克思主义的语言做"标签"，还有一句侮辱性的话"剪刀加糨糊"。那年，我刚调到北京大学文学研究所（即中国社会科学院文学研究所的前身，1955年归属中国科学院，改称中国科学院文学研究所）。当时我刚去不久一切都不熟悉，喧嚣过后尘埃落定，我才知道王瑶先生的《中国新文学史稿》原来是中国现当代中国文学的开山之作。这本著作犹如学林的清风，雨后更加峥嵘。再后来我才知道，20世纪30年代初王瑶先生在清华大学读书时就开始写文章，在清华大学研究院中国文学部做过朱自清的研究生，专攻汉魏六朝文学；曾任清华大学教授。1952年，王瑶先生到北京大学中文系任教授，开设"中国新文学史"课程，并著有《鲁迅与中国文学》、《中国古文学史论集》、《李白》、《中国诗歌发展讲话》、《中国文学论丛》、《陶渊明集》（编注）、《关于中国古典文学问题》等。

1958年，中国科学院文学所成立学术委员会，他和北大中文系的游国恩、杨晦、季羡林都是首届学术委员，我们在学术委员会见面的机会多了也就认识了。王瑶先生专攻的是古代文学，教的是现代文学史。在学术委员会上发言时，他对文学所的科研计划和总结都表现出了十分坦率的态度，甚至有时会非常尖锐地提出自己的看法。虽然他发言时总是笑眯眯的，有时还加些"嗳、嗳"的口头语，但讲话颇为风趣，不仅让人有所收获，还挺提神。

一次，在桂林召开的全国文学事业发展规划会议上，王瑶先生指出，当代文学研究的项目太多，有的根本不应该列入进来。他说，文学经典都得要经过时间的考验和历史的筛选，当代某些红极一时之作，恐怕经过时间的冲刷之后很快就被抛入废纸篓了。王瑶先生说这话的时候还用拿烟斗的手向右一甩，逗得大家一笑。

我那时因工作关系和王瑶先生有些接触，先生住在北大，我住西苑。有一次开完会，我搭乘送他的车回家。我问他："王先生，我从大字报上知道您，到现在已经三十多年了，您可谓是历经风雨，怎么现在您还这么红光满面，气色也这么好？"他笑着对我说了一件事，作为对我问题的回答："'文革'结束后，我们系召开了一次全体教职员工会，我坐在那里挨个儿看了一遍所有参加会议的人，没有一个是没受到冲击、挨过批斗的……"过了一会儿，他又意味深长地补充道："甚至有的人，连参加这个会的机会也没有了。"

还有一次看内部电影，由于散场太晚，从城里开往西郊的公共汽车已经没有了。车站上仅有我和王瑶先生两个人。我急得在马路边来回走,他则站在那儿纹丝不动,并劝我说:"不着急,总能回去的。"天越来越晚,那个时候的北京还没有出租车,我实在是没办法了。情急之中,我突然想到城里还有一个亲戚,而正好有1路公交车到那,但一想到要留下王瑶先生孤身一人,我又有些犹豫了。王先生知道后劝我说,"你是个女同志,尽管去,我不着急,总能回去。"我愧疚地离去,他却仍然站在朦胧的夜色中。

至今,我也不知王先生那天晚上是怎样回到北大的,但是他沉着、稳重、豁达开朗的性格和安然自若的神态,却永远留在我的记忆里。我总感到,王瑶先生有一种内在的力量,那就是知识。正如培根所说:"知识就是力量。"

(载《中国社会科学报》社科院专刊 2010 年 7 月 15 日)

俭朴勤奋
——记沙汀二三事

沙汀的字体工整,像何其芳一样写一手延安鲁艺的"蝇头小楷"。对这种小字,我看惯了,不奇怪。只是有一次,沙汀让我找些有关青少年问题的材料给他看,我选了两期《中国青年报》编的内部刊物给他。记得其中一份谈到两个小学生打架误伤致命的事。春节期间,那个打人致死的孩子还向看管他的警察问:"叔叔,爸爸妈妈为什么不来接我回家过年?""你打死了人知道吗?"警察带着不无同情的口吻回答那个孩子。"是他先打我的呀!"孩子还一点没意识到自己已犯了伤人致死罪。沙汀看了这些材料送还我时,附了几句话:"靖云同志:《读者来信摘要》两份奉还,请收。以后如有材料,望继续借我一阅。沙汀。"引起我注意的是刚能写下这几句话的那张小硬纸片。它像现在的名片一样大小,翻过来一看,原来是一张委员签到证,上面还印有姓名、座次号。看后觉得有点好笑,日后也就把这小事淡忘了。使我吃惊的是另一次:我去他家问所内的事,见桌上摆满了纸张。仔细一瞧,万万没想到他在用过的稿纸上写另一篇文章的提纲。废稿纸的天地、两侧空白处，写满了新文章的提纲。文学研究所的稿纸是敞开供应的，特别是对搞研究工作的同志，随领随取，而且品种齐全，各种类型的卡片、信纸、便条，应有尽有。见到上述情况，我以为稿纸用完了来不及去取。"我还有稿纸，我习惯用这样的纸写提纲。"他对我的疑问解释说。此后，我发现沙汀记事、写便条之类，总是爱写在废信封、废稿纸的一角。

这些事虽小，给我的印象却极深。它与其说是教育了我，倒不如说是感动了我。日后，我不忍心轻易地丢掉一张没字的白纸，就连用过一面的厚纸，也不轻易地丢弃它。

勤奋、刻苦是沙汀的一贯作风。刚到文学研究所工作不久，他暂住西颐宾馆，我为所内一件急事去找他。给我带路的服务员主动介绍说："这位老作家真勤快。从早到晚，我们进他屋，或是从他窗前经过，总见他伏案书写。我们这儿有一个青年，业余喜欢写小说，想向他请教，在他门前转悠了三次，却不忍心进去打扰他。""没关系，他关心搞创作的同志。我们所是搞文学理论研究的，他也喜欢帮助搞业余创作的青年。"我不假思索地回答。

年逾古稀的沙汀，从1931年开始创作，经过一生辛勤笔耕，从土地革命、抗日战争、解放战争全国解放，到"文革"后的几个时期，都有作品问世。比较著名的有《苦难》《播种者》《兽道》《记贺龙》《敌后琐记》《淘金记》《还乡记》《困兽记》等百万余字。难能可贵的是，他以年逾八十的高龄，还在奋笔疾书，近年内又写出了三部中篇小说《青枫坡》《木鱼山》《红石滩》，回忆录《睢水十年》，以及正在写的长篇回忆录。还有颇为详细的日记、札记及书信等。年年月月，日日夜夜，不是读书，就是写作或接待客人和求教的年轻人。他以勤奋和成就，为祖国创造出宝贵的精神财富。

（载《中国老年》1990年第6期）

路遥："我想到文学研究所工作"

路遥开始成为社会关注的作家是80年代初。他的长篇小说《人生》问世后，文学研究所内也有人谈论过"巧珍式爱情"的价值问题。如果我没记错的话，《文学评论》还没发过路遥的专论。就是在这个时候，我作为文学所工作人员，与他有过一次短暂的交往。

那天下班，我刚走出办公室，突然电话铃响了，我赶快回去接听。来电话的人说他想到文学所访问，我告诉他现在已经下班了，最好明天上午来。他说他是路遥，想今天来。但是办公大楼要按时锁门，实在没办法，有事只能请他到我家去谈，他表示同意。

我家在干面胡同内东罗圈胡同十一号，离办公室不太远。路遥到来后，寒暄几句，他就直奔主题："我想到文学研究所工作。"

我告诉他："我的职责范围决定我不能马上回答你的问题，但我可以将你的要求转达，还可以介绍一些情况供你参考。"

他说："文学所文化环境好工作时间比较容易保证，社会干扰相对比较少，成员业务资质高，图书资料丰富，更是其他文化单位不可比拟……"听着他说明想到文学所的原因，我不自觉地笑了一笑。他敏锐地观察到我瞬间表情的变化。

"难道不是这样吗？"他注视着我问。

"你说的都是事实，但现实总不如想象的那么完美。"

"为什么？"他问。

"机构性质决定任务。文学所和文联作协不同，文联是要出作品、出作家。文学所是研究机构，要求是出科研成果、专家、学者。"

"文学所也有不少世界知名的作家。"他说。

"不错。钱锺书先生的长篇小说《围城》，当年在郑振铎、李健吾编的《文艺复兴》连载，就有当代《儒林外史》的美誉。俞平伯先生的诗歌、散文，何其芳先生的《画梦录》都是到文学所以前的创作。"我说。

"难道到文学所就不再搞创作了吗？"他又问。

"基本不搞。也有个别人，比如蒋和森的长篇小说《风萧萧》，在干校即已酝酿成熟，回京后写出初稿，经过沙汀所长特批，最后用研究工作时间完成的。一般情况下，搞创作的人，到文学所工作的先决条件就是要改行，专心做研究工作。"

"难道做研究就不能搞创作？"他问。

"当然也没那么绝对，不过有计划内和业余的区别，创作属于计划外的产品。发表所得稿费要按百分比提成交公。其实所内有不少人写的散文、随笔、人物素描都很精彩。可惜他们的精力都用到搞专业理论研究了。我认为有创作基础再搞理论研究最好。俞平伯先生《读词偶得》写得好，能够发人深省，耐人寻味，就因为他会填词，而且填得很好。杨绛的翻译和论文写得让人喜欢看。如果让他们专搞创作，说不定中国也会产生像托尔斯泰的《战争与和平》那样的世界经典名著。创作和研究在管理体制上分得那么清楚，不见得有利于文学事业的发展。最好成立一个国家文学院，成员包括专家、学者、教授、作家，把搞文学的人全网罗进来……"路遥听到这些也不知不觉笑了，"我回去考虑一下，再和你联系。"我送他出门，看他的背影消失在夜色苍茫之中。

工作性质和环境，让我接触一些国内外知名度很高的新老作家、学者。与路遥虽仅有一面之缘，却给我留下难忘的记忆。他努力寻找有利于创作的条件，追寻更利于他写作的环境，使他想起了文学所。这恰恰给人们提出了一个问题：我们现在的文艺体制是否合理？路遥无疑是一位写励志小说的优秀作家，马云、倪萍等都曾谈到《平凡的世界》对他们的激励和影响。他个人的创作历程的艰辛及作品产生的效应都说明了这一点。路遥的人生轨迹和他对创作环境的向往，发人深思。

（载《中国社会科学报》社科院专刊 2016 年 3 月 18 日）

无怨无悔
《艺海风云——王琦回忆录》读后

在人类文化史上,著名人物的传记、回忆录、书信集乃至散记随笔在记述历史进程、考察当时政治文化中都有不可替代的重要作用,像傅雷的《家书》、杨绛的《干校六记》、巴金的《随想录》。他们不仅是学界泰斗思想轨迹的真实展现,而且也是后人从事文化思想史研究的重要事实依据。

作为我国美术界的一代匠师,王琦先生的版画艺术和理论著述早已受到人们的仰慕,现在我们又看到了他的回忆录《艺海风云》。在这部数十万字的著作中,我们不仅看到了他六十多年来对艺术的不懈追求,而且还了解到了许多画卷之外历史的风风雨雨……应当说,这是一本作者凭借自己清晰准确的记忆力,用沉稳练达的语调讲述个人艺术生涯的回忆录,又是一部追溯中国美术在半个多世纪的历史风雨中不断发展的随想集。作者用大量亲身经历的史实,翔实地记录了前后六十年美术界尤其是木刻艺术的发生、发展和变化。特别是风起云涌的"木刻运动"和"抗战木刻展",

详细介绍了"中国木刻研究会"的始末及木刻艺术在抗战时期所做的非凡贡献。还有"胡风事件前后""1957年的反右风暴""大跃进年代""牛棚生涯""批黑画"……所有这些都在书中有真切的描述。作者在亲身经历了这些跌宕起伏的大风大浪之后，不消沉、不抱怨、不气馁，"依然坚信、生活只是昭示人们前进！"显示出他博大的胸襟和坚强的性格。

创造发展中国的美术事业是作者一生的奋斗目标。王琦先生从1939年2月28日在《新华日报》副刊上首次公开发表木刻作品《在冰天雪地中的游击队》，到1998年在中国炎黄艺术馆展出的"王琦美术作品回顾展"，六十多年的光阴，六十多年的艰辛！无情的岁月不知吞没了多少曾经耀眼的东西，但却并没有磨灭王琦先生为我们留下的那一幅幅珍贵的艺术作品，更没有磨灭他对绘画艺术的执着追求。通过他的回忆录，我们更明白地看出，他的作品之所以有强大的艺术生命力，就在于他们总是与国家的命运、民族的前途紧密地联系在一起，即使是写江河画山川，也总有一种对祖国的真挚情感融注其中。由此可见，在艺术创作活动中，始终不渝的信念和对国家民族的热爱都会对作品产生至关重要的作用。

毫无疑问，从事艺术创作活动需要勤奋，需要奋斗，但同时也要有艺术家的天赋。王琦除了具备这些之外，他还有一个和谐美满的家庭。这又使他生活在一个愉快而又幸福的环境中，使他在艺术生涯中有所成就。因此当他走到八十岁高龄这个人生阶段，回首往事时可以自豪地说："不为虚度年华而悔恨。"

[载《王琦美术论文集·论王琦艺术》（七）]

李克农关注档案事业

李克农早在新中国成立初期就获得了"八一""独立自由""解放"三个一级勋章。他的一生充满了神秘和传奇色彩。近年由于他的两部传记的出版和一些涉及他的回忆文章，才逐渐引起广大人民群众的关注和爱戴。

现仅就个人耳闻目染的琐事，再现他浩瀚一生中的点滴。

20世纪50年代初，我被调去做档案工作。

一进入档案室，我就被那有条不紊的档案排列和先我到档案室工作的一克、鸿一同志那种敬业精神所折服。翻开每个案卷目录，清晰隽秀的字迹、整齐如刀切的装订令我惊叹不已。处熟之后，我问一克，她的字怎么练得那么好，她给我讲了下面的故事。

"这得感谢李克农部长。"她说。

"全国解放后，因工作急需，我在延安中学没念完就参加了工作。一次我抄了一份文件送李部长阅。'这字怎么写的？！像猫画符。'他严肃地对我说，从明天起，每天一篇毛笔大楷，一

作者于 50 年代初在北京中山公园

篇钢笔小楷,我告诉你们的科长,指定人抽时间给你们批改,一天也不许间断。'随后他又补充说,'送中央领导同志的文件,字要求写得工整、漂亮,字要大一点、行距要整齐。让领导同志容易读,省他们的时间。'这话让我心服口服,不得不服从,每天坚持练,由老同志抽时间改。

"不久,他又发现我们到机关的几个年龄不大的同志文化水平不高。他要求我们一定要学习、学习,再学习。他还说:'你们在家是娃娃,来到机关就是党的干部啦。要严格要求自己,你们知道张思德吗?''知道',我们同声回答。他强调说:'要学习张思德牢固树立革命人生观、全心全意为人民服务,做个党的好干部。要做好本职工作,必须提高文化水平,学习国际知识、业务知识。选一些古文每天背。'"

"工作中我出了两次错,受了他的批评。"她接着说。

"一次给中央首长发文件,也巧把一份缺页的发给了一位历史上曾犯过错误的首长。那首长退回文件并附了一个条。李克农部长知道后,我如实向领导汇报,说那天晚上我实在太困了,文件封发前没有一份一份逐页再检查。他耐心地教育我:'你知道吗?你发文件不只代表你一个人,也不只是代表科、处、局,你是代表一个部。你的疏忽大意会给党造成损失，他犯了错误，受了批评，心情本来就不好，你给他文件又少了一页，他就认为是党歧视他，对他不公正。'听到这些我的头脑都'轰轰'作响，我真没想到一个失误竟造成如此坏的影响。痛哭一场之后，我工作兢兢业业、认真细致、一丝不苟，以后再也没犯过类似的错误。

"工作熟练后，得手应心，当了秘书组长。一次会上有人提出存取文件包都是熟人，何必要每个人拿个铜牌，这个规定应取消，我觉得有理，自做决定取消铜牌。

"一天，李克农部长来视察我们工作，站在一边好一会。之后，他把我叫到他办公室。

"'谁让你把凭铜牌取文件包的制度给取消了？'他严厉地质问我。

"'大家说彼此都是熟人，多此一举。'我觉得我是听取大家的意见才改的。

"'大家，大家是谁？明天换个人来取文件包，你不在，别人顶替你的班，谁认识谁？文件包丢了，党的机密丢了，会给党的工作造成很大的损失！'

"'我……'我一句话也说不出来了，意识到了问题的严重性。

"'这是制度，制度就得严格执行，不得有误，明天照样用铜牌！'他又强调地说。

"我回到办公室向大家宣布：'照样用铜牌。'

"他简短的言语，使我懂得了这个小小铜牌的意义，使我懂得

'保守国家机密，慎之又慎'的深刻含意。"

从一克的介绍中，我虽然知道了李克农对干部的关怀和培养，但总觉得他是一个极其严厉的领导，我还没见到他就有些怵他。

夏天，档案室搬到离李克农住地很近的一幢小红楼办公。一个晴朗的星期六下午，我的孩子从托儿所回来在院子踢球，我坐在楼前的台阶上悠闲地看小说。偶一抬头，是一位身材魁伟，戴着黑边眼镜，嘴边有微疵的长者站在我的面前。

"这娃娃是谁？叫什么名字？"

"是我的孩子，叫援朝。"

"你还像个孩子嘛，娃娃带娃娃。"他一边笑一边走上台阶，"走，去你们办公室看看。"

"你知道这座小楼的历史吗？这是胡适住过的楼。对胡适也要一分为二。他在中国文化史上有过功劳。不过这是以后要说的事。"那时刚刚在全国批判胡适后不久，他这么说给我留下深刻的印象。

一进办公室，一克就笑着迎上来说："李部长您好！"

"哟，这就是鼎鼎有名的李克农呀。"我张张口没敢把这句话说出口来。

"史一克、史一克，'死亦可'哟！"他幽默地念着一克的名字。

他漫步在排满档案柜的夹道之间，偶尔也随手抽出一卷档案翻翻看看，时不时还问一两句。临去，他说："我不懂档案学，但我知道这是一门很重要的学问。档案工作是非常重要的工作。社会上有人轻视档案工作，不少人不愿做这项工作。你们可要热爱档案工作，努力钻研、认真做好。我要求你们做到三条：第一，要保证档案的安全，我们的档案很珍贵，有些是老同志千辛万苦、长途跋涉从延安运出来的，片纸只字不能丢。失去会造成很大的损失。第二，熟悉档案如数家珍，使用查阅时能很快查出使用，保证业务工作的顺利进行。第三，主动提供信息服务，即研究某类问题时能将该研究项目的档案及有关资料主动提供出来，充分发挥档案的作用。三点都做到不容易，最后一条做到最难，要做好了，那才是真正的优秀的档案工作者呢。"

"他就是李克农啊！"他走后我说，"不像你们说得那么厉害嘛。"

"不厉害！让你碰上一次他训别人也够让你记一辈子了。"她们异口同声地说。

李克农住地的小会议室有时放内部电影，我们沾光也去看。看完《武训传》里面有些镜头，高兴地说怪好玩的。恰逢他出来听到了，笑着说："电影可不能白看哟，要说出个好歹来，要说出个道道

1953年的作者

来。"我听了小声向一克说："那我们回去是不是还开个会说一说。""他想锻炼我们的思维,提高我们的观察分析能力,有什么看法就讲,没什么也可不谈。"

"文化大革命"时,虽然他已故去,但仍有人挑动群众企图批判李克农。总理知道后说,"如果不是李克农,我们这些人就不能在这里给你们讲话了",以此阻止了对他的批判。

就我所见所闻,我认为他做到两个极端。即对工作极端的负责,对同志和下级极端爱护和关怀。在日常生活中他确实是一位和蔼可亲平易近人的长者。

(载《中国档案报》(档案副刊)1997年4月24日)

什锦花园记事
——由罗青长同志逝世想起

说到什锦花园,乍一听,想必是一个风景优美的去处,其实它就是北京东城胡同内一座普通的民宅。在20世纪50年代初,这个宅院曾经是军委某部宿舍。在这里,一个保姆带一个小孩就算一户。小孩生下来报了户口就成了"户主"。这是怎么回事呢?

因为那时实行的是供给制,在这个体制内的成员,衣、食、住、行均由国家供给。服装和饮食按干部职务高低分配。食堂分大、中、小灶,一般干部吃大灶、高级干部吃小灶,以此类推。发的衣服,上衣四个兜的是高干,两个兜是一般干部。不发工资,发有限的"生活津贴",可以买牙膏、肥皂、手纸。生了孩子雇保姆的,保姆工资三十二元也由公家发给。保姆不但要经过体检,还要经过政审,没有问题才能雇用。孩子的爸妈上班,都住在魏家胡同四十四号,虽然离什锦花园不太远,但是并不能时时照看孩子。据说魏家胡同四十四号那个宅院,原房主是慈禧太后建造颐和园时的总包工头。他在督造颐和园时利用工、料之便,建造了这座私

1950年在北京中山公园与爱人贾若虚合影

宅。院内布局，随物赋形，雕梁画栋，花园、假山、喷泉、鱼池、交相辉映。虽然历经沧桑，建筑中所蕴含的人文景致，依然可见。

什锦花园院子的大门口有个影壁墙，墙上有一个大福字。门旁小屋是管理员杨德宝的住房。他是从延安下来的老同志，是毛泽东名篇《为人民服务》歌颂的张思德的战友。他们一起挖过窑、运过炭。老杨的服务精神非常鲜明。院内休产假的小姚，她的保姆不敢杀鸡，每次吃鸡都是老杨代杀。寒冬腊月，我搬到什锦花园小西屋休产假，室内除一张木床外一无所有，是老杨给我找来带烟囱的煤球炉，为防止中煤气，窗上还安上风斗。做饭用的案板，也是他找来一个门板，用两个旧板凳支起来，上面放一块干净的木板做成的。没有刀，不知他从哪弄来一把很好的钢刀，解决了我的切菜问题。至今这把刀我还保留着，它与我的大儿子同龄，六十二岁了。杨德宝同志用他的行动体现了同志们互相关心、互相爱护、互相帮助的真情。

内院正北房共三间，住着罗青长的母亲罗老太太和她的孙儿，还有保姆。老太太身材又高又瘦，常穿一身灰黑的布衣裤。她四川口音很重，管"鞋子"叫"孩子"（音）；管"孩子"叫"娃儿"。她按四川农村妇女的习惯爱把孙子背在背上。常到我休产假的小西屋串门。她关切地嘱咐我"坐月子"要注意一些细节,手脚千万不要沾凉水,多吃红糖、小米粥、煮鸡蛋,头要用毛巾包好,以免日后头疼。一次她见我午餐吃的是菠菜炖豆腐,便很着急,让她家的保姆徐婶告诉我说,生娃儿要注意营养,要吃鸡、喝鸡汤,不要总吃青菜豆腐。她的关心使"月子里"远离妈妈的我,似乎又感受到一种母爱的温暖。

罗老太太的儿子罗青长很孝顺,稍有空闲就带着妻子杜希健来看望妈妈。他叮嘱徐婶:"你的责任很重,是妈妈的警卫员,是孩子的保育员,还是全家的炊事员。"徐婶听了高兴地说:"您放心!我一定圆满完成任务。"那时,我不满月的儿子得了夜哭症。黑白颠倒,白天睡觉晚上哭闹。没辙,听保姆介绍的方法,写了"天皇皇,地皇皇,我家有个夜哭郎,行人君子念三遍,一觉睡到大天亮"的字条,贴在门外的墙上,也没效果。来看婆婆和儿子的杜希健大姐听到我儿子的哭声不正常,就让我快带孩子去看医生。医生检查后说孩子得了疝气,一定要小心护理,不要让孩子哭。我和保姆一点办法都没有,又是杜希健大姐教我用纱布卷成像枣一样大的布卷压在孩子大腿根疝气口处,结果不到三个月孩子疝气就好了。同院也休产假的小姚告诉我,她结婚几个月后,常感到肚子里有东西在动,想到以前发烧时曾喝过活的蝌蚪,会不会小蝌蚪在肚子里长大了。她想到这儿吓得"呜呜"直哭。杜希健大姐知情后,也让她去医院检查,结果是怀孕了。我们当时对妊娠预产期一无所知。我大着肚子白天上班,晚上还去开会。11点回到宿舍感到肚子疼痛难忍,赶快找车去医院。路上司机不停地说:"你千万忍

1952年，住在什锦花园时的一家人

着点，别把孩子生在我车上。"到医院进产房后孩子就"呱呱"坠地了。到现在有人谈起时还称我为"就是把孩子生在车里的那个人"，其实是"差一点"。

杜希健大姐平易近人，关心他人，也乐于助人，接触过她的人都说她是个大好人。我们也从她和罗老太太口中，知道了一些罗青长同志和中国革命关联的事。罗青长的老家在四川广元苍溪的农村。十四、五岁的他，聪慧好学、关心时事。上初中一年级的时候，有一天，该回家的时候他还没回家，家里人久寻不见，后来知道他随路过的红军走了，成了红小鬼，参加了红军的长征。在长征的队伍中，他虽然年纪小却是"知识分子"，享受特殊待遇，一个班仅有一支步枪发给了他。行军中有时躲避敌人的追击，日夜兼程，战士们练会了一边走一边睡觉的本领。到了宿营地，这个红小鬼发现背在肩上的枪不见了。挨批评，做检讨，受处分，都难以减轻这个错误的严重性，他说他一辈子都不能忘记这件事。

青年时期的罗青长在解放区做联络工作。他经常送文件给周恩来，天长日久彼此都留下了深刻的印象。周恩来亲切地称罗青长为"小罗"。后来在漫长的艰苦卓绝的隐蔽战线斗争中，"小罗"一直在周恩来的统领下工作。早期派往敌占区工作时，为了避免敌人的怀疑，领导决定派一位女同志，以他妻子的身份随行。他们在共同生活、工作和战斗中产生了真情，"假夫妻"成了真伉俪。这位女同志就是杜希健。电视剧《潜伏》中男女主人公的爱情故事就是他们夫妻生活的真实描述。

罗青长离家多年，罗老太太在家种地种菜维持生活。有一天，村中来了两个解放军战士，牵着一匹大军马来罗家接罗老太太，不巧碰了锁。邻居说老太太赶集去了。村内很快传开"罗老太太当红军的儿子回来了"！两个战士在集上找到了正在卖菜的老太太，告诉她："首长让我们来接您到城里一起住。"她恍若在梦中，匆忙收拾一下没卖完的菜，带着人回家，稍事整理就随着两个解放军骑着马进城了。她见到了朝思暮想的小儿不但已经成人，而且成家立业，娶妻生子了。

在什锦花园，杜希健生了第二个儿子以后，她很希望生个女儿，可怀孕后生的又是个儿子。那时她心中还想要女儿，结果一共生了六个孩子，全是儿子。罗老太太风趣地说："人家是命中无儿，我们希健是命中无女。"一晃，半个世纪过去了，国家已发生了翻天覆地的变化。那些住过什锦花园的孩子们，有的功成名就，对国家多有贡献，有的也已退休，在家安度晚年。当时在什锦花园让奶奶背着的罗青长的儿子罗援，现已是知名的军事科学院的专家了。

罗老太太、杜希健大姐、徐婶早已过世，罗青长同志也于今年4月15日与世长辞，享年九十六岁。

"索玛花一朵朵,红军从咱家乡过。红军走的是革命的路,长征不怕路途遥。"过去,听到这首歌自然地就联想起罗青长,如今,想到罗青长就想起这首歌,想起在什锦花园生活的岁月……

2014年5月4日写于西苑

(载《人民政协报》2014年6月16日)

资深历久　默默无闻

——马靖云访谈录

马靖云，1929年生于河北省清苑县北邓村，1949年高中毕业不久即进入陕甘宁边区政府公安厅做内勤工作。1950—1953年在国际关系学院英文系学习，毕业后在军委联络部一局做情况研究和机密档案管理工作。两年后，调中国科学院生物地质学部，参加"十二年远景规划"工作。1956年调文学研究所，1988年离休。

1956年秋开始在文学所作为组联组的成员工作，主要协助所长何其芳拟定和修改方针任务；编制学科发展规划、所年度科研计划；检查规划执行情况，编写总结情况汇报，考核统计科研成果。了解青年科研人员培养情况和科研人员的困难和要求；接待国外进修生。参与筹备组织学术会议，与所外有关部门联系。

在文学所三十多年的学术秘书性的科研管理工作中，参与了一些重要文件的起草、总结、汇报，学术会议记录和简报的整理编写工作；编辑《衷心感谢他》《台湾比较文学论文选》；发表多篇散文；翻译童话寓言《猫、老鼠与狐狸》等。

60年代作者（左一）在社科院文学所门前

采访时间：2011年5月4日

采访地点：马靖云先生寓所

采访者：程玉梅

2011年4月29日上午10点，第一次拨通马靖云先生的电话，不巧她不在家。半小时后她回拨过来，声音清亮，态度亲切。我刚刚自报家门，她便说：我知道。可见她对文学所这次访谈老专家的活动已经了然于胸而且非常支持。她也很想了解所内目前的情况，希望我能在采访时也能有所介绍。最后确定5月4日见面。

4日上午乘地铁4号线到西苑，顺利找到颐东苑西苑100号。在环境优美的小区里寻觅，走了很长的一段路，才找到马先生的住所，电话确认后按响了门铃，马先生和保姆迎在门口。

我先介绍了情况，文学研究所即将迎来所庆六十周年，拟安排对二十位老专家进行访谈。希望通过回顾文学所的建设历程、个人在文学所的经历及个人与文学所的互动关系来展现多方面的学术史。因此，这样的访谈实际上是请专家口述历史，拯救记忆，具有重要意义。

程玉梅（以下简称程）：在这二十位专家中，您是唯一一位科研管理专家。我作为科研处的一名外事工作者，有很多问题要请教您。

马靖云（以下简称马）：不用客气，我算不上专家。

程：很多老先生在回忆文章中提到您，我现在查到的资料中就有九篇（共八位先生写过文章，其中何西来写过两篇），可见您在科研处做了很多工作，给他们留下了深刻印象。

马：你做的准备工作很充分，我自己都没整理过。

程：我将这些资料给您留下。因为我到科研处才两年多，对文学所以前的很多科研管理情况不了解，所以提前找到资料，这样很多小问题就不用再问您了。

马（边看资料边介绍）：我在去年得到所里通知，要为文学所建所六十周年整理些回忆录，所以我准备了两份材料，一是个人简介，一是工作回顾。虽然科研处的工作业绩不能直接体现在学术论文上，但它也是一门学科，一门科学，是软科学。科研管理工作是学术研究的辅助，是"做嫁衣裳"。你若做得好，不仅对所里的科研有推进和导向作用，而且大家都忘不了。但工作成绩不是马上就能显现的，它需要时间去证明。我觉得这项工作做得时间长了，很有意思。你研究生毕业能来做这份工作，很好。我觉得科研处现在这样的安排非常好，由一些学历较高、学术基础较好的人来负责管理工作。科研处除了行政管理，还有学术事务性工作，不懂就做不好。

程：我知道您在文学所工作了三十二年，一直在科研处吗？

马：对，我是1956年到所的，一直在科研处。

程：这真的很不容易，科研处的人事变动大，沿革复杂。

马：我也动摇过，想调换工作。与何其芳同志一次倾心相谈后，我坚持了下来。唐棣华、朱寨、王平凡等对我的信任帮助，郑振铎所长、钱锺书先生和所内同志对我工作的支持，这些都使我终生难忘。我无文章传世，但知道了一般工作人员、普通劳动者存在的价值，一生无悔。我准备了材料，你走的时候拿走，复印三份给我，再将复印稿和原稿寄回。

程：没问题。

马：但这篇稿子我还没给任何人看过，以前都要朱寨或其他所领导过目。所以可能还会要其他人看过，修改后再正式交给所里。

程：您的手稿可以让我拍照或复印吗？这次访谈的一个任务就是要得到您的手稿。

马：那可以。我选字迹清楚些的，有的太乱了。

程：感谢您写得如此详细，您参与了科研处的多项工作：科研规划、课题设置、外事交流、档案管理、会议筹备。

马：何其芳先生有个办所方针，要求科研处人员精干，强调工作效率。科研处的一个工作原则就是：大事不干扰，小事不麻烦。具体说就是：遇到大事，科研处提供客观信息，不干扰领导决策，但不干扰不等于不了解；一些烦琐小事，要替领导分忧，这样既能保证所领导的工作时间和学术精力，又能保证及时回复科研人员，提高效率。这是我自己的总结，这种工作方法使科研人员和所领导都对我的工作比较满意。比如：上午8点到11点半，是何其芳处理所务工作的时间，由他自己和研究室、科研处共同安排，非常紧凑。下午和晚上，是他自己的学术时间，尽量不去打扰。所以，过去的领导总是强调科研处的重要性。

程：现在的领导也很重视科研处的工作。

马：现在科研处的分工很细。

程：是，但如果需要合作，例如会议筹备，大家会一起做。

作者马靖云

马：外事工作也是需要合作的工作。分工后就好很多，我那时候太忙。写的这些豆腐块文章都是退休后完成的。因为上班的时候确实没时间。

程：我原来也觉得外事很简单，等自己做起来的时候才知道有多复杂。一次学者短期出访，从审批表格到护照签证，从机票信息到天气情况，都要提前考虑。

马：我现在有失眠的情况，就是那时候留下的病根。第二天外宾来访，我要仔细计划安排，头天夜里在脑子里过一遍：接站接机、学者联络、食宿行程。

程：我们现在也如此，还有深夜的航班。

马：这些环节有一处出现问题，就影响全局。所以外事工作无小事，比较耗费精力。

程：下面请您介绍一下文学所和科研处的沿革。

马：文学所的历届领导班子情况：1953年，郑振铎任所长，何其芳任副所长；之后，何其芳任所长。我这里也有一份材料。《大百科全书》里"中国社会科学院文学研究所"的词条就是我写的

（内有历届领导班子情况）。

程：这里面有个特殊情况，1977年沙汀任所长期间，有五位副所长？

马：对，他们五位不是同时任副所长，但间隔很近。因为"文革"之后，很多人要落实政策安排职务，所以陈荒煤、余冠英、吴伯箫、王平凡、许觉民先后任副所长。

程：好的，这些情况我记下了。另外，我看到一些老照片，文学所的地理位置有些变化。

马：1953年，文学所在北京大学西语系；后来不久搬到了北大哲学楼；1957年，文学所隶属于中国科学院，在中关村科学院南楼，后搬到科学院北楼；最后文学所搬入建国门附近的海军大楼；因为要在海军大楼原址盖新楼，拆迁时临时搬到日坛路；后来搬回建国门内大街5号，即现在的位置。这里要提到陈荒煤的功劳，我印象最深的是两件事：一是拆迁。文学所的图书很多，几十万册，要运输、保管，防止损坏和丢失。动员全所人员参与这项工作，近两个月时间完成。荒煤的组织能力极强，虽然是副所长，却主持实际工作。再就是荒煤注重文学现状研究。文学所过去对传统研究比较重视，积累很多，但与当前联系不够紧密。从荒煤开始注意文学现状，这样就能独具慧眼发现问题。例如，刘心武的小说《班主任》，荒煤以《文学评论》的名义邀请刘心武参加关于《班主任》的小型座谈会，对刘心武的创作给予鼓励。这是识人之才，很有水平的。我在《日坛路记事》一文中曾较详细地谈及此事。我们文学所的领导有好多人有识人伯乐之才。那时候，有的文学作品问世——

两个月，文学所就组织研讨会，文学所的这一作用很突出，因为文联和作协不一定有条件马上做这些。另外，文学所学者自己的文章著作，也可以在会议上发表或者介绍情况。不知道现在所里什么情况？

程：现在的新书发布会更多了，有的在研究室做小型发布，有的在所会议室，同时邀请外单位学者参加。学者的文章情况介绍，如古代室每月一次的个人学术汇报，已经坚持很多年了。还有多个读书会，重读经典，获得新的启发。

马：这个很好，文学所的读书气氛一直很浓，官僚气息比较淡。

程：我在您的文章中了解很多信息。比如跟郑振铎先生有关的一篇，您刚来文学所工作，那个部门叫"联络组"？

马：对，科研处的前身。1953年文学所成立，最初称负责科研管理的部门为"联络组"，后来改为"组联组"；1957年2月7日，为了区别于行政办公室，更名为"学术秘书室"；1966—1976年，"文革"十年停止工作；之后的名称为"科研组"；1980年确立名称为"科研处"。"文革"的十年，文学所三楼，二十几位专家，包括俞平伯、钱锺书，都被关在里面写交代材料。杨绛还被安排扫厕所。我写了一篇文章，还没发表，题目就叫"可怜扫地尽斯文"，提到了何其芳、杨绛、沈从文等人。杨绛将厕所清理得极其干净。

程：我看过杨绛先生的回忆文章，那时她并不讨厌这份工作，反而自得其乐，思考《堂吉诃德》的很多翻译问题。

马：这篇文章我没发表，因为看了的人认为这些人去扫厕所你还说好，说他们扫得如何认真，你觉得让这些人去扫厕所是对的吗？其实我不是这个意思。

程：您要强调的是这些学者人格的完美，他们做这些事跟做学问一样认真。

马：对，我是敬佩他们对待劳动的态度，他们的精神。可能我在文章里表达得不是很清楚，所以没发表。但朱虹、白鸿和朱寨都看过。"文革"对人的精神的摧残实在太厉害了，如果没有这十年浩劫，很多人能做更多工作，也能多活很多年。

程：我在整理"文革"时期翻译文学资料的时候，看到一长串名单，都是那时被迫自杀的翻译家。

马：还有作家，像老舍。我曾接待一位匈牙利的学者米白，准备写中国现代文学史。到中国来第一个要拜访的作家就是老舍。我陪同他去见老舍，记得他院里和屋子里的菊花，他为人热诚，生活朴素。米白对他极其敬仰，离开的时候按照中国礼仪拜别。这个内容我也写过一篇小文章，在《中国老年报》上发表（见"老舍与匈牙利汉学家米白"）。这样的文章你也可以写，先按照工作日记的形式记下来，有时间再写出来。那个时期给我留下深刻印象的还有钱锺书，他头脑极其清楚，处事极为淡定。另外，就是何其芳。在整理何其芳文稿时，我在他家看到毛泽东的《关于〈红楼梦研究〉问题的信》复印件，在正文处做了夹注："像俞平伯这样的知识分子我们还是要团结的。"这句话保护了俞平伯。在文学所内举行的六次会议上，何其芳反复强调这是学术批判，不同的意见可以争论

（见"文人相重——何其芳与俞平伯"）。而文联和作协的批判气氛则与文学所不同，有的还要求文学所学者前往，批判逐渐扩展到全社会。但何其芳珍惜俞平伯的才干，赞赏他的文学鉴赏力，专门找俞平伯谈心。（见"《红楼梦研究批判》中的何其芳与俞平伯"）后来，俞平伯说："何其芳是知识分子的知心人。"研究人员都愿意与这种学者型领导相处，进而热爱文学所，关心文学所的发展。

程：您1988年离休时，科研处的人员有哪些？

马：汤学智、王倬云、周永琴、郝敏、陶国斌。

程：陶国斌老师应该是1978年就在文学所了。

马：对，1979年我们搞"全国文学学科规划会"的时候他就参与了。那时科研处的领导是苏醒，还有王露云。

程：正好您提到"全国文学学科规划会"，这个会议情况和第一手材料哪里可以找到？

马：档案室应该都有。

程：这次会议特别重要。我看到苏醒老师的文章提到陶国斌老师坐了两天两夜火车，带着五箱资料去了昆明。

马：那次会议筹备了很久，分工几路。我是陪沙汀到南京、上海一带，到高校征求意见，都有会议记录。比如南京大学中文系，就有中文系专人记录。我们自己也记录，然后将会议材料整理返回到文学所，再发《简报》。那时候"拨乱反正"，由于沙汀是备受尊重的老作家，所以大家能畅所欲言，真实地发表意见。发《简报》的形式是打字、油印，发送给作协和各个大学中文系。对当时文学界的情况做介绍，并对存在的问题进行探讨。后来的规划会确实很重要，调动了全国文学研究的热情，从整体上进行了学科规划，落实了具体任务协议书。我们的《简报》也被各大学要走，加印了很多。这个规划也与当时的国家形势计划经济有关，搞文学研究也要有计划。

我觉得我们所搞这个访谈特别好，应该推广到全院。哈哈，我们这些老人都有这种文学所荣誉感，觉得我们所什么都要做表率。

程：文学所要做全院第一，全国文学界第一。

马：对，我们这种意识非常强，就是这种文学所意识。

程：电话里您说也让我讲讲文学所现在的情况，我就知道您有多关心文学所呢。在我来之前，严平老师特别叮嘱我要好好向您请教，因为您从事科研管理时间最长，文学所的很多事情您的记忆可能最完备。我们曾经办过《文学研究动态》，写的是"科研组"编，这指的是科研处还是研究室？

马：是我们科研处。最初，1980年由傅德惠一人负责；后来，傅德惠从科研处分离出去，和尹锡康一起编辑《文学研究动态》；再后来由"新学科"负责编辑《文学研究动态》。我看看我这里是否还有。

程：如果您找到，我会过来取。我们1991年之前的档案材料是如何管理的？

马：1965年，办公室张书明建议整理学术档案，就由我和肖莉（民间室）等人参与共同整理，历时两个月，有二百多卷卷宗。科研处那时为每个研究员都准备一个格子，每发表一篇文章都用一个卡片做简要记录，类似图书馆卡片那样。可惜"文革"时，经过军宣队的清理，部分卷宗和卡片丢失了。1988年我离开所的时候，还有两个大柜子装着档案。所庆四十周年，要我来写文学所简况，那时负责档案管理的是办公室的牛全炳。我写的原件交给所里，我自己留的是复印件。但没有采用，我交的一些照片也没有返回，也无法找到了。

程：档案材料丢失造成的损失是无法弥补的。

马：后来，韦凤葆负责管理档案。

2019年国庆前夕，作者获颁"庆祝中华人民共和国成立70周年"纪念章

程：现在管理档案的是高军老师。科研处的课题管理由严平老师和杨子彦管理；外事档案在我的办公室。

注：本文经过被访者审读。

（载《甲子春秋——我与文学所六十年》
中国社会科学文献出版社 2013 年）

附录一
何其芳开列的世界文学名著阅读篇目

《沙恭达罗》,(印度)迦梨陀娑
《泰戈尔诗选》,(印度)泰戈尔
《源氏物语》,(日本)紫式部
《我是猫》,(日本)夏目漱石
《叶普盖尼·奥涅金》,(俄国)普希金
《破戒》,(日本)岛崎藤村
《一千零一夜》,(阿拉伯)佚名
《蔷薇园》,(波斯)萨迪
《普希金诗选》,(俄国)普希金
《果戈理小说戏剧选》,(俄国)果戈理
《死魂灵》,(俄国)果戈理
《莱蒙托夫诗选》,(俄国)莱蒙托夫
《当代英雄》,(俄国)莱蒙托夫
《往事与随想》,(俄国)赫尔岑

《奥勃洛摩夫》，（俄国）冈察洛夫

《猎人笔记》，（俄国）屠格涅夫

《前夜》，（俄国）屠格涅夫

《父与子》，（俄国）屠格涅夫

《罪与罚》，（俄国）陀思妥耶夫斯基

《谁在俄罗斯能过好日子？》，（俄国）涅克拉索夫

《戈罗夫辽夫老爷们》，（俄国）谢德林

《怎么办？》，（俄国）车尔尼雪夫斯基

《奥斯特洛夫斯基戏剧三种》（"大雷雨""肥缺""狼与羊"），（俄国）奥斯特洛夫斯基

《战争与和平》，（俄国）托尔斯泰

《安娜·卡列尼娜》，（俄国）托尔斯泰

《复活》，（俄国）托尔斯泰

《契诃夫小说选》，（俄国）契诃夫

《契诃夫戏剧五种》（"伊凡诺夫""海鸥""万尼亚舅舅""三姊妹""樱桃园"），（俄国）契诃夫

《高尔基短篇小说选》，（苏联）高尔基

《高尔基戏剧三种》（"小市民""在底层""仇敌"），（苏联）高尔基

《母亲》，（苏联）高尔基

《童年》，（苏联）高尔基

《在人间》，（苏联）高尔基

《我的大学》，（苏联）高尔基

《钢铁是怎样炼成的》，（苏联）奥斯特洛夫斯基

《苦难的历程（三部曲）》，（苏联）阿·托尔斯泰

《毁灭》，（苏联）法捷耶夫

《青年近卫军》，（苏联）法捷耶夫

《被开垦的处女地》，（苏联）肖洛霍夫

《静静的顿河》，（苏联）肖洛霍夫

《塔杜施先生》，（波兰）密茨凯维支

《十字军骑士》，（波兰）显克微支

《裴多菲诗选》，（匈牙利）裴多菲

《伊利昂纪》，（古希腊）荷马

《伊索寓言》，（古希腊）伊索

《埃斯库罗斯悲剧两种》（"普罗米修斯""阿伽门侬"），（古希腊）埃斯库罗斯

《悲剧两种》（"俄狄浦斯王""安提戈涅"），（古希腊）埃斯库罗斯

《悲剧两种》（"美狄亚""特洛亚妇女"），（古希腊）欧里庇得斯

《阿里斯托芬喜剧三种》（"和平""鸟""阿卡奈人"），（古希腊）阿里斯托芬

《变形记》，（古希腊）奥维德

《神曲》，（意大利）但丁

《哥尔多尼喜剧两种》（"旧脑筋""女店主"），（意大利）哥尔多尼

《巨人传》，（法国）拉伯雷

《高乃依悲剧两种》（"熙德""贺拉斯"），（法国）高乃依

《莫里哀喜剧六种》（"夫人学堂""伪君子""逼婚""守财奴""贵人迷""斯卡班的诡计"），（法国）莫里哀

《拉辛戏剧两种》（"菲德尔""阿达里"），（法国）拉辛

《吉尔·布拉斯》，（法国）勒萨日

《伏尔泰小说选》，（法国）伏尔泰

《红与黑》，（法国）司汤达

《巴玛修道院》，（法国）司汤达

《欧也妮·葛朗台》，（法国）巴尔扎克

《幻灭》，（法国）巴尔扎克

《农民》，（法国）巴尔扎克

《雨果诗选》，（法国）雨果

《悲惨世界》，（法国）雨果

《九三年》，（法国）雨果

《梅里美小说选》，（法国）梅里美

《包利法夫人》，（法国）福楼拜

《萌芽》，（法国）左拉

《金钱》，（法国）左拉

《莫泊桑中短篇小说选》，（法国）莫泊桑

《约翰·克利斯朵夫》，（法国）罗曼·罗兰

《阿拉贡诗文钞》，（法国）阿拉贡

《恶心》,(法国)萨特

《羊泉村》,(西班牙)洛贝·台·维加

《莱辛戏剧二种》("弥尔·封·巴恩赫姆""艾米里亚·加洛蒂"),(德国)莱辛

《汉堡剧评》,(德国)莱辛

《少年维特之烦恼》,(德国)歌德

《浮士德》,(德国)歌德

《强盗》,(德国)席勒

《威廉·退尔》,(德国)席勒

《海涅诗选——一个冬天的童话》,(德国)海涅

《臣仆》,(德国)亨利希·曼

《布登勃洛克一家》,(德国)托马斯·曼

《第七个十字架》,(德国)安娜·西格斯

《布莱希特戏剧三种》("伽利略传""高加索灰阑记""大胆妈妈和她的孩子们"),(德国)布莱希特

《伯尔中短篇小说选》,(德国)伯尔

《沃尔夫戏剧三种》("贫穷的康拉特""马门教授""女村长安娜"),(德国)沃尔夫

《希腊神话和传说》,(德国)斯威布

《茨威格小说选》,(奥地利)茨威格

《绿衣亨利》,(瑞士)凯勒

《安徒生童话选》,(丹麦)安徒生

《斯特林堡戏剧二种》("朱丽叶""父亲"),(瑞典)斯

特林堡

《易卜生戏剧四种》("社会之柱""玩偶之家""群鬼""人民公敌"),(挪威)易卜生

《坎特伯雷故事集》,(英国)乔叟

《莎士比亚戏剧五种》("仲夏夜之梦""威尼斯商人""风流妇女闹温塞""无事生非""风暴"),(英国)莎士比亚

《莎士比亚悲剧五种》("罗密欧与朱丽叶""哈姆雷特""奥赛罗""李尔王""麦克佩斯"),(英国)莎士比亚

《鲁滨孙漂流记》,(英国)笛福

《格列佛游记》,(英国)斯威夫特

《汤姆·琼斯》,(英国)菲尔丁

《彭斯诗选》,(英国)彭斯

《雪莱诗选》,(英国)雪莱

《名利场》,(英国)萨克雷

《呼啸山庄》,(英国)艾米莉·勃朗蒂

《简·爱》,(英国)夏洛蒂·勃朗特

《萧伯纳戏剧三种》("华伦夫人的职业""巴巴拉少校""英国佬的另一个岛"),(英国)萧伯纳

《草叶集》,(美国)惠特曼

《哈克贝利·费恩历险记》,(美国)马克·吐温

《永别了,武器》,(美国)海明威

《愤怒的葡萄》,(美国)斯坦贝克

附录二
唐弢推荐的文章做法精读篇目

佚名《古诗十九首》,《文选》
司马迁《报任少卿书》,《文选》
诸葛亮《前出师表》,《古文观止》
曹植《典论论文》,《文选》
刘勰《神思》,《文心雕龙》
嵇康《与山巨源绝交书》,《嵇康集》
陶渊明《归田园居》,《陶渊明集》
李白《将进酒》,《李白诗选》
杜甫《哀江头》,《杜甫诗选》
韩愈《答李翊书》《师说》,《韩昌黎全集》
白居易《长恨歌》,《唐诗选》
李煜《虞美人》《浪淘沙》,《李煜词》
苏轼《潮州韩文公墓碑》,《苏东坡集》
陆游《书愤》,《宋诗选注》

夏元淳《细林夜哭诗》,《夏元淳集》

姚鼐《古文辞类选序》,《古文辞类选》

龚定庵《病梅馆记》《己亥杂诗》,《龚自珍集》

黄遵宪《度辽将军歌》,《人境庐诗草》

梁启超《少年中国说》《论小说与群治之关系》,《饮冰室全集》

王国维《人间词话》

况周颐《蕙风词话》

附录三
文学研究所80年代初推荐的文艺研究学习书目

（一）马列主义经典作家有关文艺理论问题的论著

恩格斯《诗歌和散文中的德国社会主义》

马克思、恩格斯《共产党宣言》

马克思《〈政治经济学批判〉导言》《序言》

马克思致斐·拉萨尔（1859年4月19日）

恩格斯致斐·拉萨尔（1859年5月18日）

恩格斯《〈自然辩证法〉导言》

恩格斯致敏·考茨基（1885年11月26日）

恩格斯致玛·哈克奈斯（1888年4月初）

恩格斯致保尔·恩斯特（1890年6月15日）

恩格斯致约·布洛赫（1890年9月21—22日）

列宁《党的组织和党的文学》

列宁《列夫·托尔斯泰是俄国革命的镜子》

列宁《列·尼·托尔斯泰》

列宁《列·尼·托尔斯泰和现代工人运动》

列宁《托尔斯泰和无产阶级斗争》

列宁《托尔斯泰和他的时代》

列宁《纪念赫尔岑》

列宁《欧仁·鲍狄埃》

列宁《关于民族问题的批评意见》

列宁《给阿·马·高尔基》（1913年11月中旬）

列宁《给阿·马·高尔基》（1919年7月13日）

列宁《青年团的任务》

列宁《论无产阶级文化》

斯大林《给阿·马·高尔基的信》（1930年1月17日）

斯大林《致杰米杨·别德内依同志》（1930年12月12日）

斯大林《给别泽缅斯尔同志的信》

普列汉诺夫《没有地址的信》

普列汉诺夫《艺术与社会生活》

《高尔基论文学》《论文学续编》

《苏联文学艺术问题》

《毛泽东论文艺》

《周恩来论文艺》

《鲁迅论文学》

《瞿秋白论文学》

《第四次文代会文件》

（二）中国历代文论选

《中国历代诗话词话选》
《中国近代文论选》
钟嵘《诗品》
刘勰《文心雕龙》
司空图《二十四诗品》
李渔《李笠翁曲话》
刘大櫆《论文偶记》

（三）西方古典文论选

亚里士多德《诗学》
波瓦洛《诗艺》
狄德罗《论戏剧艺术》
莱辛《拉奥孔》
别林斯基《别林斯基选集》
车尔尼雪夫斯基《艺术与现实的美的关系》
杜勃罗留波夫《杜勃罗留波夫选集》

（四）中国文学史

刘师培《中国中古文学史讲义》

郑振铎《插图本中国文学史》

刘大杰《中国文学发展史》

中国科学院文学研究所编《中国文学史》

北京大学中文系55年级学生编《中国文学史》

复旦大学中文系古典文学组学生编《中国文学史》

王国维《宋元戏曲史》

鲁迅《中国小说史略》

郭绍虞《中国文学批评史》

阿英《明清文学史丛刊（小说戏曲研究）》

北京大学中文系编《中国现代文学史资料》

（五）中国历代文学作品选

《中国诗歌选》

《中国散文选》

《中国小说选》

《中国戏剧选》

沈德潜《古诗源》

余冠英《诗经选》

朱熹《楚辞集注》

马茂元《楚辞选》

罗根泽编《先秦散文选》

王伯祥《史记选》

余冠英《汉魏六朝诗选》

萧统《昭明文选》

许梿《六朝文絜》

陶澍注《靖节先生集》

余冠英《三曹诗选》

沈德潜《唐诗别裁》

中国社会科学院文学所编《唐诗选》

陈贻焮选注《王维诗选》

王琦注《李白诗集》

仇兆鳌注《杜少陵集注》

冯至编选《杜甫诗选》

白居易《白氏长庆集》

鲁迅编《唐宋传奇集》

钱锺书选注《宋诗选注》

陈迩冬选注《苏轼词选》

邓广铭注《稼轩词编年笺注》

游国恩选注《陆游诗选》

吴晓铃选注《话本选》

吴晓铃选注《关汉卿戏曲选》

臧晋叔编《元曲选》

王实甫《西厢记》

罗贯中《三国演义》

施耐庵《水浒传》

吴承恩《西游记》

蒲松龄《聊斋志异》

吴敬梓《儒林外史》

曹雪芹《红楼梦》

高则诚《琵琶记》

汤显祖《牡丹亭》

孔尚任《桃花扇》

洪昇《长生殿》

《近代诗选》

《近代文选》

《现代小说选》

《现代戏剧选》

《现代诗歌选》

《现代散文选》

鲁迅《鲁迅选集》

郭沫若《郭沫若选集》《蔡文姬》

叶圣陶《倪焕之》

茅盾《子夜》

田汉《田汉剧作选》

闻一多《闻一多诗文选》

朱自清《朱自清诗文选》

巴金《家》

老舍《骆驼祥子》《龙须沟》《茶馆》

曹禺《雷雨》《明朗的天》《日出》

丁玲《太阳照在桑乾河上》

杨沫《青春之歌》

梁斌《红旗谱》

曲波《林海雪原》

杨益言、罗广斌《红岩》

吴强《红日》

周立波《暴风骤雨》《山乡巨变》

赵树理《赵树理选集》《三里湾》

柳青《创业史》

姚雪垠《李自成》

魏巍《东方》

蒋子龙《乔厂长上任记》

刘宾雁《人妖之间》

陈耘《年轻的一代》

沈西蒙《霓虹灯下的哨兵》

胡可《槐树庄》

苏叔阳《丹心谱》

宗福先《于无声处》

崔德志《报春花》

赵梓雄《未来在召唤》

郭小川《郭小川诗选》

贺敬之《贺敬之诗选》

闻捷《复仇的火焰》

《天安门诗抄》

《红旗歌谣》

《当代短篇小说选》

《革命回忆录选》

《嘎达梅林》

《阿诗玛》

（六）外国文学作品选

荷马《伊利亚特》

埃斯库罗斯《普罗米修斯》

但丁《神曲》

塞万提斯《堂吉诃德》

莎士比亚《哈姆雷特》《威尼斯商人》

莫里哀《悭吝人》

歌德《浮士德》

席勒《阴谋与爱情》

拜伦《拜伦诗选》

雪莱《雪莱诗选》

雨果《悲惨世界》

巴尔扎克《高老头》《欧也妮·葛朗台》

司汤达《红与黑》

海涅《海涅诗选》

密茨凯维支《密茨凯维支诗选》

裴多菲《裴多菲诗选》

惠特曼《惠特曼诗选》

狄更斯《双城记》

左拉《萌芽》

易卜生《傀儡家庭》

《巴黎公社诗选》

罗曼·罗兰《约翰·克利斯朵夫》

伏契克《绞刑架下的报告》

普希金《叶甫盖尼·奥涅金》

果戈理《死魂灵》《钦差大臣》

车尼尔雪夫斯基《怎么办？》

谢德林《寓言选》

奥斯特洛夫斯基《大雷雨》

屠格涅夫《父与子》

陀思妥耶夫斯基《罪与罚》

托尔斯泰《安娜·卡列尼娜》《复活》

冈察洛夫《奥布洛摩夫》

契诃夫《契诃夫短篇小说选》

高尔基《母亲》《在底层》

法捷耶夫《青年近卫军》《毁灭》

奥斯特洛夫斯基《钢铁是怎样炼成的》

肖洛霍夫《被开垦的处女地》

柯涅楚克《前线》

迦梨陀娑《沙恭达罗》

泰戈尔《泰戈尔诗选》

《一千零一夜》

《日本古典文学选》

阮攸《金云翘传》

《春香传》